文芸社セレクション

夢幻の駅

港川 レイジ

MINAKAWA Reiji

文芸社

目次

夢幻の駅

プロローグ

私は寝る前の時間が嫌いだ。

布団に入ってから眠るまでの僅かな間に、心の奥底に閉じ込めてある傷が浮かび上がってきて私を苦しめる。

どうしてそうなるのか分かっている。人は眠りに入る前に何も考えない無心の時間がある。本当なら安眠に欠かせない要素のはずなのに、私には毒蛇の檻を開ける鍵でしかない。

「……布団で寝るのが原因だとしても、布団で寝ないと身体が休まらない……」

記憶がフラッシュバックする。誰もいない、私だけが暮らしているマンションの一室なのに誰かがいる気配を感じてしまう。

呼吸が荒くなる。閉じてあるカーテンから何処からか光が入り込んでくる。それがまるで襖の隙間の様で、身体の震えが止まらなくなった。

(落ち着け……！　もう皆死んだんだ！　ここは家じゃない、私の家だ！)

頬を叩いて気を持ち直す。早く寝ないと……夏休み前に寝坊して遅刻なんてしたくない。

こういう時は音楽を聴いて休むのが一番だ。雑念を払い心を落ち着かせてくれる。親友の明利《あけり》がくれたＣＤをイヤホンで聴きながら寝よう。

流れてきた音楽は軽快なジャズで、少し私の趣味には合わなかった。それでも明利からのプレゼントというだけで私の心を温めてくれた。

＊

目が覚めると、今でもあたしは恐怖で身体が硬直する。何処からか母さんの怒号が聞こえてくるんじゃないかと戦々恐々してしまう。

眠る時が至福だった。寝ていれば悪い事や嫌な事から逃れられる。子供の頃は寝る度に『このままずっと寝ていられますように』と何度も願った。

何事もなく静かなのを確信してあたしはベッドから起き上がった。トラウマのせいで、あたしの寝起きはずっと最悪だ。恐怖はイラつきと怒りに変わって何かを殴りつけたくなる。

「あたしはもう解放されたんだ……。それなのに、まだあたしを縛るの？」

鬱屈とした気持ちを晴らす為にカーテンを開くと、夏の眩しい日差しがあたしと部屋の中を照らした。暗澹としていた心を晴らす日の光みたいだ。窓を開けて大きく深呼吸すると幾分か気が落ち着いてきた。

顔を洗って朝ご飯を食べて学校に行く支度をする。夏休み前の最後の登校だ。きっと特別なものになるに違いない。

「そろそろ行こう。四季《しき》も駅に着く頃だし」

四季はあたしの友達だ。友達は沢山いるけど、四季はあたしにとって特別な友達なんだ。夏休みになっても、四季と沢山過ごしていたいな。

*

夏休み前の駅は人で埋め尽くされている。私みたいな学生もいれば、スーツを着た社会人もいる。アルバイトなのか、それとももう休みに入っているのか私服姿の人も駅を行きかっている。

私は人混みが嫌いだ。それ以前に、人が好きじゃない。対人恐怖症かもしれない。でもそれ以上に心の深淵が怖い。あの仮面の奥にある表情を思い浮かべるだけで身体の震えが止まらなくなる。だから明利を待つ間、人混みから外れた隅っこに立っている。

時折思う。死ねば楽になれるんじゃないか？　恐怖からも煩わしさからも解放される。少なくとも十六年間の人生、私にとっての幸福は一つしかなかった。

私のたった一人の友達。私の太陽。明利に出会わなかったら私は生きる喜びを知らないまま死んだ人生を歩む事になっていた。

死にたいと思う事はある。でも死ねない。私は生きないといけない。それは因果であり呪いであり罪だからだ。

檻の中から出されても、首に繋がれた鎖は決して外れない。日の光が照らしてくれるだけ幸福だ。

人混みの中から明利が現れた。相変わらず小麦色に焼けた肌と無駄なく鍛えられた身体はほれぼれする程の健康で健全な身体付きだ。

明るい笑顔で私の元に駆け寄ってくる。その笑顔を時折眩しすぎると感じる事がある。

＊

何時もの場所で四季は佇んでいた。人が立ち寄らない隅っこで下を向いていて、目だけが前を向いている。

道行く人が奇異な目で四季を見ている。まあそうだよね。夏の、それも三十五度を超えてるんだよ。誰だって半袖の涼しい格好をしている。サラリーマンだって脇に上着を持ってシャツを腕捲りした姿で通勤してる。

それなのに四季は長袖のシャツを着てその上にコートまで着てる。スカートも冬用の長いやつだし、はた目から見れば相当変人に見えるよね。テレビでやる我慢比べでもこんな格好で炎天下の下に出るような事はしない。あたしだったら十五分で音を上げるよ。

あたしを含めて周りの人は汗だくなのに四季は全く汗をかいてない。色白な肌も合わさって何処か人じゃないみたいな異様な雰囲気がある。実際学校でも不気味に思っている人も多い。

でも、そんな事は四季の事を知らずに上辺だけで適当に言っているだけ。四季は儚げで頼りなくて、あたしが支えていないとあっという間に崩れてしまうぐらい危うい子なんだ。

四季にはあたしが必要なんだ。四季はあたしがずっと支えないと駄目なんだ。

「おはよう四季！」

「おはよう明利」

「その格好暑くないの？」

「毎年夏に同じ質問してる」

「あはは！　恒例行事みたいなものだよ！　ほら行こう！」

手を握ると四季は強く握り返してきた。その力があたしの心の支えになるんだ。

第一話　迷い人の電車

肌に当たる冷たい冷房の感触に明利は眠りから目覚めさせられた。寝ぼけ眼でぼんやりとした視界と思考の中で起き上がる。しばらく何も考えられなかったが思考がはっきりしてくると尻に火が付いた勢いで立ち上がった。

「ヤバい！　ここどこ!?　終業式に遅刻する！」

四季と二人で電車に乗り他愛もない話をしていた所までは覚えている。眠気を感じた覚えはない。それなのに何時の間にか眠ってしまっていたらしい。

「四季起きて！　大変だよ遅刻だよ！」

隣で未だに寝息を立てている四季の身体を激しく揺する。眉間に皺を寄せながら四季は薄く目を開いた。

「……着いたの？」

「違うよ寝過ごしたんだよ！」

明利の言葉に四季は目を大きく見開き身体を起こすが、焦燥感から表情を失い茫然自失となった。

「どうしたの四季？」

「明利……気づいてないの？」

「えっ？　何に？」

「この電車、誰もいないよ」

言われて明利は初めて気づいた。電車はまだ走っている。朝の通勤通学ラッシュ時、電車から人が完全にいなくなる事はあり得ない。今まで遅刻する事に気を取られて全く周囲を見ていなかった。

「どういう事？　皆もう降りたの？　でもまだ動いてるし……あれ？　窓の外真っ暗だよ！」

窓から見える景色はトンネルの中や夜以上に暗く、下に敷いてある砂利すら見えなかった。こんな完全な闇は初めてだ。漆黒の様な闇が覆っている。

「夜まで寝るなんてあり得ないし、夢見てるのかな？」

「かもしれない。だけど」

四季は床に手を触れた。電車の振動とひんやりとした感触が伝わってくる。脚はしっかりと床を踏みしめ胸に手を当てると心臓の鼓動が現実であると教えてくれた。

「この感覚、リアルすぎる。レム睡眠でもここまで現実味を帯びない。経験はないけど。でも夢とはとても思えない。そもそも私と明利が同じ夢を見ること自体あり得ない」

「じゃあ……普通に寝過ごしたのかな」

「……さあ。かもしれないし、そうじゃないかもしれない」

はっきりとした答えが分からない以上曖昧な返答しかできない。

「とりあえず、他の車両を見てみる？　もしかしたら誰かいるかもしれないし」

「そうだね」

二人が前方車両に行こうとすると扉が開き、車椅子に乗った老婆が現れた。絵本や童話に出てきそうなゆったりした暖かそうな衣服を身に纏っており、何故か顔には感情の無い無表情の仮面を着けていた。

「今回の迷い人は二人か。よく来たねお客人、歓迎するよ」

何よりも二人が異様に感じたのは声だ。老婆とは思えない程に透き通った凛としたよく響く声で、男性の声にも女性の声にも聞こえる、中性的な声だった。

怪しげで不気味な存在だった。それでも明利は人がいる事が嬉しかった。一方で四季は警戒心を剥き出しにして一歩距離を取っていた。

「私という存在を好意的に受け入れ、そして恐怖するか。実に興味深い対比だ。安心したまえ。私は君達にとって害を及ぼす存在ではない。そしてここに招かれた君達は私の話を聞かなければならない。

椅子に掛けたまえ。立ち話では疲れるだろう」

老婆が軽く手を振るとまるで初めからそこにあったかのように椅子が出現した。おっかなびっくりな様子で明利は椅子に座った。柔らかいクッションは臀部を包み込み背もたれは背骨が最も休める角度で作られている。座るだけで癒されるのは初めての経験だ。

四季は座ろうとした明利を止めようとしたが止める間もなかった。先に明利が座ってしまった為どうする事も出来ず、躊躇いがちに椅子に腰を下ろした。

「まずは自己紹介をしよう。私はフィレモン、この世界の住人だ」

「フィレモン？　それって、ユングが夢の中で出会ったあのフィレモンなの？」

四季は驚きつつも怪しんだ。

「何か知ってるの？」

「心理学者のユングが夢の中で出会った賢者、その名前がフィレモン。でも確か、フィレモンは老人で翼が生えているんじゃなかったの？　脚が不自由かは分からないけど」

フィレモンは感心したように何度か頷いた。

「君は様々な知識を有しているな。知は力だ。私は君の様な人に好感を抱くよ」

褒められても四季は全く嬉しくなかった。

「君達にこの世界の事を説明しよう。でもその前に、君達の名前を教えてくれないか？」

「篝火明利です」

「……風香四季」

明利は礼儀正しく、四季は警戒しつつ様子を窺いながら名乗った。

「ありがとう。それでは説明しよう。

ここは集合無意識の世界。全ての人は精神の無意識化で繋がっている。初めは精神の一部でしかなかった。人が増えていくにつれ無意識化の精神も成長し一つの世界となった。ここは人が無意識に創った世界だ。

君達の様に時折現実世界から人が迷い込む。人がこの世界に迷い込む基準は心の闇だ。誰しも抱いている見たくない見せたくない領域の濃さ、歪さ、苦しみ、悲嘆、そして忘れてしまった記憶がある。見て見ぬ振りをしていても心の闇は確実に心を蝕む。そして無意識に逃げる事を望む。無意識化の望みは自らが気づかない内に肥大化し、精神の世界への扉を開く。

この世界は来るもの拒まず去るもの追わず。望むのならばこの世界で暮らす事も出来る。精神の世界を旅すれば現実世界へと戻る事も出来る。

だが進むも留まるのも覚悟をした方が良い。精神の世界は必ずしも良い方に作用しない。発狂し廃人と化し世界に呑まれた人も数多くいる。だが、現実で艱難辛苦が待ち構えているのなら見方を変えれば幸運なのかもしれない。

かつてのユングも君達と同じ様にこの世界へ迷い込み精神の世界を旅した。彼は多くの事を学ぶ事が出来たと喜んでいたよ。

私が君達に説明すべき事は以上で全てだ。質問があるのなら受け付けよう」

明利は何か質問しようとしたが、何分自分の理解を超えた超常的な事を説明されて軽く頭が混乱してしまっている。説明を整理して飲み込まないと疑問を呈する事も出来ない。

「あなたはこの世界の住人。賢者でもなければ、支配者でもないの？」

こんな状況であっても四季は冷静そのものだ。どんな時でも落ち着いている四季を素直に尊敬する。

「私は精神世界の住人であって、精神について詳しいだけに過ぎない。私は自身を賢者などとは思わないが、君達がそう思いたければ好きにすればいい。

そして私は支配者ではない。数多の精神が攪拌されそこから零れ落ちたのが私だ。精神生命体と言ったところだ。私はこの世界を自由に行き来できるが、君達を連れていく事は出来ないし、私の意思決定で現実へと帰す事も出来ない」

「ユングの時と違う姿なのは何で？」

「私の姿は一定ではない。私に決まった姿は無く、精神の中から姿を選び変えている」

「仮面を付けているのは何で？」

「私は様々な姿を形どり、顔も自由に作る事が出来る。しかし顔とは個人の認証において最も重要な箇所だ。私の形どった顔と君達の知人が瓜二つの場合、認知の歪みを引き起こしてしまう。それを防ぐ為に仮面を付けているんだ」

「精神の世界には危険な存在はいるの？」

「存在する。君らにとって害となる存在も、助けとなる存在も、全く無意味な存在もいる。私とは異なりそれらはそれぞれの精神の中でしか生きられない心の象徴だ」

「対処方法は？」

「君達が自ら見て、触れ、考えたまえ。答えは自ら得るものだ」

ひとしきり質問を終えたので四季は口を閉じ、明利に視線を向ける。明利はややあって率直な疑問を口にした。

「あたしと四季は心に闇を抱えている。それは確かなんですよね？」

「そうだ。だが君達だけではない。この世に生きる全ての人間は闇を抱えている。この世界に迷い込んだとはいえ、君達だけが特別という訳ではない」

逃げられるのなら、現実から逃げたいと願う人は数多くいる。そのほとんどが逃げられないと諦めており必死に現実を生きている。逃げる意志は現実を生きるのに邪魔になる為心の奥底に封じるが、それが消える事は無い。気づかないだけで逃げる意志はどんどん大きくなっている。

心の闇は逃げる意志を生み出し、人は心の闇と共に逃げる意志を封じる。それは辛い目に遭った時再び生まれ、心の闇と共にまた封じる。だが何時までも封じてはいられない。封じた扉は何かのきっかけで開き一気に人の心と身体を蝕む。それに耐えられるかどうかはその人次第だ。

「精神の世界を見れば何か変わりますか？」

「それは私には判断できない。善きに転じるか悪に転じるか、全て君達次第だ。精神の世界を旅して耐えられるかが前提になるがね」

明利と四季は互いに顔を見合わせる。四季は現実に戻ると覚悟を決めていた。決意に満ちた眼差しを向けられて明利も腹をくくった。

「あたし達は現実に帰ります」

「私には生きないといけない理由がある」

フィレモンは満足げに頷いた。

「では、程なく電車は精神の駅へと着く。己を失わず、壊さず、強き意志を持って進むといい」

そう言い残すとフィレモンの姿は一瞬の内にかき消えた。

お互いに心に闇を抱えているのは知っていた。その事には一切触れずに過ごしてきた。プライバシーであり、触れられたくない部分だと分かっていた。トラウマに触れる事程失礼な事は無い。親しき仲にも礼儀ありだ。

今、お互いの闇を知るべきだと気づいた。自分一人では耐えられない傷跡も、支えてくれる人がいるのなら耐えられる。

しかし頭では分かっていても、心が明かす事を拒絶していた。二人とも口を開かず無言のまま電車に揺られていた。

第二話　粘土の森

　電車が止まり扉が開いた。窓から見える景色には一切変化はなかったが扉から降りるとそこには絵本に出てくるような森が広がっていた。まるで子供が粘土細工で作ったかのような森で、木どころか雲や太陽に花まで同様だ。

「これが精神世界？　すごくメルヘンチックな場所。まるで絵本の中に入ったみたい」

　明利は子供の頃の事を思い出す。一人で読んだ絵本に広がる風景に憧憬を抱いて絵本の中に入りたいと願ったものだ。頭の中で絵本の中を駆け回る自分を夢想しては何度も読んだのだ。

　ノスタルジアな気分はすぐに陰鬱に染まる。子供の時の事など思い出したくもない。

（絵本を一人で読んでいたのも読んでくれる人がいなかったからだ。過去に良い思い出なんてない）

　頭を振って過去の記憶を振り払う。

「まるで子供が思い描く夢の世界。ここが精神ならこれは子供の心？　それとも昔を懐かしむ大人の心？」

「大人が昔を懐かしむなら青春時代や夏休みじゃないの？」

「全てがそうとは限らない。どっちが正しいかは進めば分かる」

踏みしめる草は粘土で出来ている見た目なのに感触は草そのものだ。木も葉っぱは描かれていないが緑の部分に触れてみると葉の手触りで、引き千切ると葉っぱの感触そのままだ。見た目が絵本なだけにリアルな作りは強い違和感を与えてくる。

リンゴと思われる実が生った木を見つけ試しにもいでみた。リンゴからは強烈な甘い匂いが発せられており空腹感を刺激され思わず食べてみたくなったが、何か危険を感じて投げ捨てた。

「木に実が生っているのは幼児性の強い証」

「そうなの？」

「心理学のバウムテストの診断にそう書いてあった。過去に戻りたい気持ちも強い」

「……過去、ねえ」

確かに子供時代ほど自由で楽しい日々を過ごせる時代はないだろう。

「それにしても絵本みたいな場所であること以外何もないけど、まだこのまま進んでみる？」

「進むしかない。電車はもう消えてる」

「えっ!?」

振り返ると先程まであった電車が線路ごと忽然と消えていた。後は自分の脚で進めと言うのだろうか。

「……疲れたら言ってね。無理したら駄目だよ」

「ありがとう。でもまだ大丈夫」

森を歩いていると木の陰に人形が横たわっていた。童話のピノッキオの様な人形で、長い鼻に糸で繋がれた身体と絹で出来た衣服を身に纏っている。

誰かが捨てた人形だと二人は思った。だがよくよく観察すると胸が微かに上下しており瞼も閉じている。生きた人形だと気づき二人は好奇心を刺激されたが不用意には近づかず一定の距離を保った。

無害だと誰が分かる？　人に慣れた猫も爪と牙を持っているのだ。

「起こさないようにゆっくりと移動しよう」

「触らぬ神に祟りなし」

慎重に、音を立てず人形から離れていくが、何とも間が悪いもので人形が目を覚まして身体を起き上がらせた。何処かぎこちないギクシャクとした動きだ。

二人は後ろ向きで歩く姿勢のまま固まり、人形と目が合って明利は唾を呑み込んだ。

『コンニチワ。ナニシテアソンデイルノ？』

木材を擦り合わせた様な声だがそれは紛れもなく子供の声だ。明利が一歩前に出て慎重に言葉を選びつつ答えた。

「えっと、探検ごっこをして遊んでるの！　あたし達ここに来るの初めてだから！」

『フ〜ン。デモココニオモシロイモノハナイヨ』

「そうなの？　広い場所みたいだけど」

『コーンナモリガズットツヅイテルンダヨ。トビラノムコウハコワイカライキタクナインダ。キミタチハトビラカラキタノ？』

「扉？　それって」

　言葉の途中で四季に口を塞がれた。四季の言わんとしている事は明利にすぐに伝わった。扉から来た事にさせておけばいい。今は余計な事を言わず話を合わせておくべきだ。

『ドウシタノ？』

「ごめんごめん。くしゃみがでそうだったから友達が防いでくれたの。

　自己紹介がまだだったたね。あたしは明利。こっちは親友の四季。あなたは？」

『ボクハジョカット。ココデトモダチトイッショニクラシテルンダ。ソウダ。ボクノトモダチモショウカイスルヨ。ミンナトイッショニアソボウヨ』

「そうだね。皆と一緒に遊べばもっと楽しいもんね」

『アリガトウ！　ジャアツイテキテ』

　ジョカットは実に嬉しそうな笑顔を浮かべる。人形故に笑顔と言っても目を閉じて口を大きく開けたものだが。

　子供の歩幅であるジョカットに合わせて歩いていると四季が肩を叩いてきた。

「いいの？　危険じゃない？」

「断る方が危ない気がしてさ。それに、この世界の事をもっとよく知る為にも今は流れに身を任せておいた方が良いでしょ？　危なくなったらあたしが四季を背負って逃げるからさ」

「……君子危うきに近寄らず。虎穴に入らずんば虎子を得ず。今は後者が正しいか。明利には敵わなくても少しなら私も走れるから気を遣わなくて良いよ」

「四季があたしを気遣ってどうするのよ。強がらないの」

互いにクスクスと笑い合った。

ゆっくりと代わり映えのしない森を歩いていくと、ある一角の地面がカラフルなクッションで埋め尽くされており、小さな子供の遊び場にあるような大きなブロックが散乱してる。公園にあるようなターザンロープやブランコに滑り台、縄で出来た迷路まである。遊び心を刺激され身体が疼きそうだが、予想だにしない異様な光景にむしろ寒気が走った。

子供の遊び場で遊んでいたのは子供ではない。二十歳から五十歳ぐらいの大人達だ。無精髭を生やした作業着の人、恰幅の良い会社の上役の様な人、緩んでいなければナイスミドルな顔の人、頬のこけたやつれた女の人、スーツ姿のＯＬの人、部屋着姿の若い男女など年齢も格好もバラバラの人達が無邪気に遊んでいる。

大人も童心に返る事はある。二人ともそれは知っている。だがこれはそんな微笑ましい光景じゃない。

大人達は見た目はそのままに中身が子供に戻っている。おもちゃを取られて泣きじゃくっているのは威厳のある髭を生やした壮年の男性だ。おままごとをしているのは中年のOLと主婦だ。おもちゃの車を手で走らせて、ネジ式のプロペラ機を飛ばしてはしゃいでいるのは筋肉質の浅黒い肌の男性だ。

まるで集団催眠にでもかけられたかのような不気味な光景だ。明利は全身に鳥肌が立ち、四季も顔を引きつらせた。

「この人達が友達？」

努めて冷静に四季は言った。

『ソウダヨ。ミンナアソンデナンテイラレナイッテイッテタケド、ホントウハアソビタインダヨ。ダッテ、ボクタチガアソンデイルトシゼンニワニハイッテクルンダヨ。ナンデミンナハジメニウソヲツクンダロウネ？』

ジョカットは解せない様子で首を捻る。

遊んでなどはいられない。帰ってやる事があるからだ。だが、束縛からの解放感と無邪気になれる環境は蠱惑的だ。怒る人もいなければ、責める人も、頼ってくる人もいない。時間に追われる事もなく、責務を背負う必要もない。

四季は理知的に、明利は本能的に大人達の心情を理解していた。

『ネエ、ドウシテウソヲツクノ？』

「色んなものに縛られてるから。大人は複雑」

『……ヨクワカンナイヤ。ムズカシイコトハオカアサンガカイケツシテクレルヨ』

「お母さんがいるの？」

『ウン。ソロソロクルヨ』

遊び場に眩い光が立ち込める。眩しいはずなのに眩しさは感じず、包み込まれるような温かさを感じ、光に心も身体も委ねたくなる。

四季は光に当てられ街灯に惹かれる虫の様に無意識の内に歩み寄っていた。何も考えられず、ただ光に身を預けたい欲求だけが心にあった。

誰かに手を強く握られ歩みを止められる。四季は今までになく強い怒りを抱き、殺意すら湧き上がった。憤怒に満ちた顔で自分の手を引っ張る奴を見ると、それは明利だった。明利は唇から血が出る程に強く噛みしめ必死に自分を保ち四季を守っていたのだ。

懸命に耐える明利の姿を見て四季は我に返った。すぐに光に包まれそうになるが自分の顔を殴って誘惑を振り切った。

大人達は遊ぶのをやめて恍惚とした表情を浮かべて縋るように光へと歩み寄っていく。光が弱まりそこから姿を現したのを見て二人は「えっ？」「何で……？」と呟いた。四季には明利に見え、明利には四季に見えた。柔和な表情を浮かべ、ふくよかな身体で大人達を包み込んでいく。

大人達は一様に「ママ〜」や「お母ちゃ〜ん」などと赤ん坊以上に気の抜けた声で甘えている。「良い子良い子。何もしなくて良いのよ。全部お母さんがしてあげるからね」と赤ちゃんにかけるような言葉であやしている親友の姿を見て二人は生理的嫌悪感を抱いた。自分自身ならまだしも、親友が大人の赤ちゃんをあやしている姿など想像したくもないし考えたくもない。

何より、互いにこんな事をしないと分かっているからより拒絶反応が出る。

「……物凄い安心感を感じるけど、あれがお母さんなの？」

明利は未だに唇を噛み締めていた。気を抜くと自分を失いそうだ。

『ソウダヨ。デモボクハトモダチホドアマエナイヨ。ミンナオカアサンガダイスキナンダネ』

「何で……四季の姿をしているの？」

『チガウヨ。オカアサンハオカアサンダヨ』

明利にはどういう意味なのかさっぱり分からなかった。

（縋りたい、甘えたい存在が欲しいだけ……。だから、私には明利に見えて、明利には私に見えるんだ）

はっきりとしない思考の中で四季はジョカットの言葉を理解していた。

「ごめん……。あたし達にはあのお母さんが耐えられない……。帰るから扉までの道を教えて……」

だんだん痛みの感覚が麻痺してきた。視界がぼやけ水の中にいるかのように身体が重くなっていく。一刻も早くここから離れないと大人達の仲間入りをする事になる。

『ドウシテカエルノ？　カエッテタノシイコトガアルノ？』

「親友の為に帰らないといけないの……！」

四季は今にも無くなりそうな自分の意識を拳で額を殴りつつ押し止めている。額からは既に血が流れているが、それでも明利が手を握っていなければ自然と脚がお母さんへと歩み寄ってしまう。

ジョカットは明利と四季を交互に見比べ、不思議そうに呟く。

『トモダチ、ナノカナ？　ナンカチガウキガスルヨ』

その言葉は明利の心に深く突き刺さった。

『デモトモダチナンダネ。トモダチハタイセツダカラオシエルネ。マッスグヒガシニイケバトビラガアルヨ』

ジョカットは指を指して方角を示した。明利は「ありがとう……！」と小さな声で礼を言い四季を背負ってその場から走り去った。

どのぐらい走ったのか、気が付けば目の前に扉が現れていた。それは電車の扉だった。線路もなく車両もなく扉だけが佇んでいる。

明利は四季を下ろして地面に倒れ込んだ。全身から流れ出た汗で服も髪も身体に張り付いている。何度呼吸をしても満足に空気が肺に行かずしばらく動けそうにない。

四季はまだ泥酔したような感覚が残っているが大分思考が定まり気持ちが落ち着いてきた。ポケットティッシュを取り出し明利の唇から流れる血を拭う。

「ありがとう明利。明利がいなかったら私はあの中に取り込まれてた」

喋れないので明利は笑みを浮かべてグーサインを出した。

「何が起きるか分からなかった。子供の粘土細工みたいな森であんな事が起きるなんて予想もつかなかった。

私達は二人で運が良かった。明利、二人で力を合わせて現実へ帰ろう」

明利は力強く頷いた。自分は四季を助けた。必要とされた。それが心の活力となって力が漲ってきた。

第三話　灰色の街

電車の中は先程と全く同じだった。今回はフィレモンは現れなかった。

「何だったんだろう、あれ……」

思い返すと自分の中の四季の姿が狂ってしまう。頭から振り払おうとしても強烈な陶酔感と幸福感は心に強く残り未だに映像として映り続けている。

「深く気にしない方が良い。考えて気にすると、余計に記憶に残る」

「……そうだね」

数年来に再会した親友の変わり果てた姿というレベルではない。二人共日常の記憶を思い返しつつ互いのあり得ない姿を消し去ろうと努力した。

五分程乗っていると電車は止まり扉が開いた。

そこはそのまま駅のホームだった。先程の様に森で降ろされる事もなく、何時もと変わらない日常的な光景に二人は安堵した。またどんな夢みたいな場所に降ろされるのか気が張っていて、現実的な光景を前にして全身から力が抜けた。

「駅だ～。何時も見ているものだけど今はとても安心するよ～」

「私も。でも、結局精神の世界には変わりない」

駅から見える景色は全て灰色だった。街並みも、家も、電柱も、信号機も、街灯の光すら灰色だ。色を持っている自分達は余りにも場違いな存在だ。

駅には駅員すらおらず、電車が来たのにアナウンスでさえ流れない。駅名が書かれてあるはずの看板には何も書かれておらず、時刻表は真っ白だ。

「色のない街？　どんな意味があるんだろう？」

「見ただけの感想だと、生気を感じない。ここにいるだけで気鬱になる」

「駅から出てみよう。街なら誰かいるはずだよ」

明利はまだ常識的な感覚が抜けきっていなかった。街だから人がいる、そんな安易な思い込みはすぐに裏切られる事になる。

駅の構内は無人だったが外には人が行きかっていた。街並みと同じ灰色の人達だ。まともな人とは思えないが明利は気づかず街行く人を捉まえて声を掛けた。

「すいません！　ここは何処ですか？　この街は何て名前ですか？」

しかしいくら明利が声を掛けても誰も脚を止める事はなかった。誰一人として明利の事が視界に入っていないかのように無視していく。

何度も声を掛けたが結局誰も相手にはしてくれなかった。明利はがっくりと肩を落とした。

「ここまで人に無視されたのは初めてだよ」

「気にしないで。そもそも人じゃないから」

この世界には人はいない。常軌を逸脱した精神の体現者しかいないのだ。ジョカットのように対話が出来る存在の方が希少だろう。

四季は周囲を見渡し、交番を見つけた。駅前なら必ずあり、確実に人がいる場所だ。向こうがこちらを無視するのなら、無視されない場所に行けばいい。

「向こうに交番がある。行ってみよう」

「そっか。お巡りさんなら話してくれるよね」

それは余り期待してはいなかった。

交番は静まり返っていたが一人の警察官が椅子に座って資料を書いていた。

「すいません！　ここは何処ですか!?」

外まで響く大きな声に全く反応せず黙々と資料を書き続けている。仕事中だとしても市民に応対をしないのはおかしい。焦れた明利は交番の中に入り警察官の肩を掴んで顔を向かせた。

「ここは何処なのか教えてください！　困って……」

言葉は最後まで出なかった。警察官の顔には目と口が縫い合わされた白い仮面を着けていたのだ。フィレモンの仮面とは異なり、まるでホラー映画にでも出てきそうな仮面だ。よく見ると耳には丸いキャップが付けられており音を遮断している。

明利は手を放して後ろに下がった。警察官は怒る事も気にする事もなく再び資料を書きだした。

「人じゃ……ないんだよね？」

「この世界に人はいないってフィレモンが説明した」

「そうだけどさ、見た目が人だったらつい安心して普通に接しちゃうでしょ？」

「そういうものなの？」

協調性も低く対人恐怖症気味の四季は今一つ共感できなかった。

「四季ってさ、意外と適応力高いよね。あたしなんかもう参ってるよ」

「別にそんな事はない。ただ、動じてないだけだから」

「それって凄い事だと思うけど……。いや、この話はここでやめよう」

この話題が踏み込んではいけない領域に足を踏み入れそうだったので話題を切った。いずれ話し合う必要はあるが、今はその時ではない。

「それにしても、精神の世界ならさっきみたいに何かを表しててあたし達の他に人がいるのかな？　四季、探してみよう」

四季は黙って頷いた。とりあえず、今はこれしか出来ない。

オフィスビルが立ち並ぶ街で平日の昼間なのか沢山の人が働いている。コンビニもあれば飲食店や本屋に電化製品店まである。試しにいくつか店に入ってみたが展示されている品物も料理も全てが灰色だった。ちなみに料理を食べる時だけ縫い合わされた仮面の口が開いていた。

複雑な迷路の様な路地を通り、大通りを抜けて何処かの商店街へと辿り着く。やはり人はいても静寂に包まれていて活気や熱気は一切感じられない。

「この街、渋谷とも新宿とも池袋とも違う。あたしが知らない街なのか、精神の世界だから作りがでたらめなのかな？」

明利は街並みをつぶさに観察していた。

「人もいない。いたとしてもここまで広いと見つけるのは難しそう」

「電車の扉もないし。それにしてもあの仮面、何が面白くて着けているんだろうね？」

そんな話をしていた時だった。前方地面に小さな黒い影が現れた。訝しんだ二人が上を見上げた瞬間、まるでスイカを叩き割ったかのような音が響き赤い液が周囲に飛び散った。

何が起こったのか分からなかった。何が落ちてきたのか？　それを理解した時明利は嘔吐した。四季も顔面蒼白になりつつも吐いている明利の背を擦っていた。

上から降ってきたのは自分達と同じ色のある人だった。ビルの屋上から頭から落ちてきて、周囲に血と脳漿を撒き散らし灰色の世界に色を塗った。

突然、何の心構えもないままに凄惨な人の死に直面し二人の精神、特に明利の精神に大きな亀裂が入った。心の底から怯えて震え慄き、四季がいなければ発狂、ないし気狂いになっていた。

「は……はは……人って飛び降り自殺するとこうなるんだ……」

精神に変調をきたして笑ってしまう。自分を見失いそうになる。

四季は何も言わず明利の手を握って駆け足でその場から離れた。人が飛び降りて頭を砕いて死んだというのに周囲の人は何の反応も興味も示さなかった。

（都会の人以上に無関心。これが、この場所の在り方）

落ち着ける場所を求めて街を彷徨って噴水のある公園を見つけた。本来なら緑生い茂る公園のはずなのだが、草木も灰色な為温かさは感じず寂寞とした冷たさに包まれていた。

ベンチに明利を座らせて四季は隣に腰を下ろした。未だに身体の震えが止まっていない。

四季は慰める言葉が考えつかなかった。こんな時に役に立てない無力な自分を恨んだ。元々人と話すのは好きではないが、こんな時ぐらいすぐに親友を安心させる言葉が出ない自分が腹立たしかった。

だから四季は黙って明利を抱き締めた。明利が落ち着くまでずっと抱き締め続けた。それしか出来なかった。明利の震えが止まるまで、どれ程そうしていた事か。

「……もう、いいよ。ありがとう四季」

明利はゆっくりと四季の身体から離れた。

「あんな死に様を見る事になるなんて、予想も出来なかった。予想してる方がおかしいよね？」

自嘲気味に明利は苦笑した。

「あの人、あたし達と同じで色があった。精神世界に迷い込んだ人なんだ。どうして、死んだんだろう……？」

「現実が辛すぎて、ここでも生きていく事が出来なくて、死を選んだ。あるいは、この場所が表している精神があの人を追い詰めたのかもしれない」

「ここの精神って……あれ？　子供の泣き声が聞こえる……」

周囲には公園を散策する人や芝生の上で寝ている人もいる。視界の中に子供は一人もいない。泣き声はベンチの裏、林の中から聞こえてくる。

「何かあったのかもしれない。助けに行こう」

四季の同意を求めてくる。余計な事には関わらないのが一番だが、今は明利が最も自分が安定する事をさせた方が良い。

「人助けは明利の役目。私も行くから無茶はしないで」

「うん！」

途端に顔が明るくなる。

(好きな事をさせるのが回復には一番)

林の中に入ると小さな女の子が蹲って泣いていた。街の人達同様に灰色だが、顔に着けている仮面は縫い付けられておらず目も口も開いていた。耳もキャップが無くきちんと音を聞き取っている。

「どうしたの？　迷子？」

優しく語り掛けると女の子は顔を上げた。仮面の目から涙を流している。

女の子は怯えた様子で明利を見つめていた。明利は笑顔を浮かべ優しく語り掛ける。

「お家が何処か分かる？　お姉さん達が一緒に付いていってあげようか？」

女の子はキョトンとした感じで明利を見つめた。

『……いいの？』

「全然いいよ。あ、そうだ」

ポケットを探って塩レモン飴を女の子に手渡した。夏の塩分補給の為にいくつか持っていたのだ。

「これあげる。ちょっとしょっぱいけど美味しいよ」

『……ありがとう』

女の子は飴を受け取っておずおずとお礼を言った。

『お母さんに置いていかれたの。一人で怖くて泣いてた……。一緒に帰ってくれる？』

「OK。さ、行こう」

差し伸べられた手を女の子は強く握って立ち上がった。

(優しい。本当に、優しくて、温かい。眩しいくらいに明るくて、周りの人を元気にする。だからなのかな、時折虚無感を漂わせている)

女の子の手を取って歩く明利の姿を見ながら四季は思った。

『お姉さん達、ここの人じゃないでしょ？』

「それって、身体に色があるから？」

『ううん。顔が違うから』

「あ……そうだよね」

『電車に乗れば他の場所に行けるのかな？　大きくなったら行きたいな』

「行けるよ。人は自由だから」

女の子に言っているようだが、四季には自分に言い聞かせているように聞こえた。

公園を出て、歩道橋を渡り、オフィスビル街を抜けると集合団地へと着いた。女の子は団地の一つへと進み階段を必死に上がっていく。明利は手を貸そうとしたが女の子は断り頑なに自分の力で上がっていった。

景色の良い四階まで上がり女の子の家に着いた。明利と四季は問題ないが女の子は息を切らしていた。

「大丈夫？　無理をしないで、辛い時は助けを求めても良いんだよ」

『うん。だけど、何時でも誰かが助けてくれる訳じゃないから』

子供とは思えない言葉に明利は感心した。こんなに小さいのに自分の力で何とかしようとする心強さは素晴らしかった。

「言ってる事は正しいよ。でも、助けを求める事は悪い事じゃないからね」

『……わかった。それと、ありがとうございました』

女の子は明利と、それに四季にも頭を下げて玄関の扉を叩いた。

『お母さん！　私だよ！　ドアを開けて！』

しかし女の子がいくらドアを叩いて呼び掛けても誰も出てこなかった。

「出かけてるのかな？」

『そんな事ない。今は家にいるもん』

「……ちょっといいかな」

明利はインターホンを鳴らした。家にいても何かの作業中でノック音や声に気づかない場合もある。

ややあって、玄関の扉が開いて母親が出てきた。他の人と同様に仮面の目と口が縫い付けられ耳が塞がれていた。

「あの、お子さんを公園に置いていかれましたよね？　私達が連れてきましたんですけど」

母親は明利と四季と女の子と順に顔を向け、興味を失ったのか扉を閉めようとした。

「ちょっと！　何考えているんですか!?　寂しくて心細くて泣いていたんですよ！　この子に謝ってください！」

扉を摑んで押し止めると、僅かに残った隙間から女の子が身体を滑らせて家の中に入っていった。

「えっ!?　ちょっと」

明利が一瞬気を取られた瞬間、物凄い力で扉が引っ張られ叩きつける勢いで閉められた。

家に着いたのだから女の子が家に入ること自体おかしな事ではない。だが、普通の子供なら置いていかれた事に対する憤りや悲しみを親にぶつけるものではないのだろうか？何ら気にした様子もなく、躊躇いもなく自分を置いていった親元へと帰っていったその姿に疑念を抱かざるを得ない。

「ねえ四季、これがここの精神世界なの？」

「外に出よう。駅を目指しながら話す」

明利が対応していた時に階段の縁から外を見渡し駅の場所を見つけていた。ここから少し離れた西南の方角にあった。

団地から外に出て四季は話しだした。

「あくまで私の仮説。

ここは無関心、無干渉、超自己中心の精神世界。他人がどうなろうとも、何処で何が起きても、自分と関わりがないのなら一切興味を示さない。

言ってる事は分かるよね。現実も他人との関わりが薄くなってきている世の中だから。基本的に他人の事を気にしないのが人だから。誰だって自分本位、自分の事を考えて生きている。

テレビの向こうで起きている出来事に関心と同情を向けても何もしない事に近い。自分と無関係だから、向けるのは視線だけ」

誰だって常に自分の事を考えている。そして他人がどうなろうとも「どうでもいい」と気にしない。

　人は他人を気にしない。何故か？　いざと言う時に他人が都合よく助けてくれるか？　いざと言う時に自分の身を守れるのは自分だけだ。他人を当てにしたところで何も起こらず、救いはない。

「じゃあ、顔が仮面なのは本音を隠す為で、目と口と鼻が縫われて塞がれているのは他人を見ずに、聞かず、言葉を交わす事を恐れているって事？」

「そうだと思う。唯一の例外だった女の子は子供だったから普通に触れ合えた。だけどあの様子だと、あの子も近い内に大人と同じようになる」

「大人になって心を閉ざす事になるなんて……哀しすぎるよ」

（あの死んだ人は、自殺なのかもしれない。少なくとも私達はここで危険な存在と遭遇していない。あの人は、出られない事に絶望したのか、人の本質に触れた事で耐えられずに死を選んだのか）

　あえて言葉にはしなかった。あの時の光景を明利に思い出させたくはない。

（人がそこまで人に無関心だとは信じられない。でも……人をどうでもいいと思えるのは納得できる。どうでもいいと思えるからこそ、酷い事が出来るんだ）

　明利の心の奥から黒い煙が噴き出してきた。背骨を鷲掴みにされるような不快感に身体を震わせた。飴を舐めて気を紛らわせる。四季にも一つ手渡した。

「いいの？」

「いいんだよ。お互い、疲れてるでしょ」

第四話　浅瀬の海

電車の中では二人とも一言も喋る事は無く眠るように椅子に背を預けていた。身体以上に、精神的な疲労が大きい。少しでも休まないと身も心も持たない。

電車が止まったのを察して明利は目を覚まして大きく身体を伸ばした。四季を起こして電車から降り立つ。

「綺麗……」

「幻想的……とても美しい」

そこは淡いピンク色の空が続く浅瀬の海が広がっていた。テレビや雑誌で見た事がある南国の海の様に透き通った海で仄かに温かい。砂は白く宝石の如く輝いており汚れや不純物などは一切見受けられない。

幻想的で壮麗。今までの様な不気味さも陰鬱さも存在しない。二人ともしばしの間見惚れていた。

「何か、子供の頃に夢見た場所に似てる。こんな場所でずっと遊んでいられたらなって何度も思ったよ」

「そういうものなの？」

「四季は違うの？」

「逃げたいと思った事はある」

四季の顔に影が差した。明利は己の失言を察した。

「ごめん。余計な事を聞いて」

「気にしないで。それより、遠くに水上コテージがある。行ってみよう」

浅瀬の海は海独特の生臭さや潮の香りはしなかった。むしろ心安らぐ甘い匂いが漂っており、ぬるま湯の海水も相俟ってこのまま眠れてしまいそうだ。不思議な事に身体に纏わりつくべたつきも無い。現実の海とは根本的に異なるのかもしれない。

非常に居心地がいい精神ではあるが、時折ブルーホールの如く深く穴の開いた場所があり、どんなに目を凝らしても底が見えず何処までも暗闇が続いていた。脚を踏み外して穴に落ちないようにして先へ進む。

実態のない影だけの魚が海を泳いでいる。二人が近づいても逃げる素振りを見せず、脚をすり抜けて自由に泳ぎ回っている。見たまま透明らしく明利が捕まえようとしたが手をすり抜けてしまった。

水上のコテージへと辿り着いた。これまたテレビや雑誌でしか見た事がない南国の宿泊施設で、二人は一瞬本当に南国にいるのではないかと錯覚した。

「夢で夢の場所に行っても無意味」

その皮肉に明利は苦笑いを浮かべた。

「君達、よくここまで歩いて来たね」

コテージから呼び掛ける声がした。柵から身を乗り出して一人の男性が顔を見せている。

物寂し気で虚無感を漂わせている。無気力な表情からは生きる意志が感じられない。若い見た目だ。おそらく二十代半ばぐらいだろう。

自分達と同じく精神世界に迷い込んだ人だろうか？　判別が付かない為四季は男性の事をつぶさに観察する。

「えっと、あたしは篝火明利と言います。こっちは親友の風香四季です。あなたは？」

「……さあね。もう、自分の名前なんて忘れてしまったよ」

「それってどういう事ですか？」

「その話をする前に、篝火さんと風香さんだっけ？　立ち話もなんだからコテージに上がりなよ」

四季は勿論、知らない男の申し出に明利も警戒心と抵抗感を抱いたがこの世界の空気がそうさせるのか、その気持ちは消えて自然と脚が動き表に回ってコテージへと上がっていた。気持ち悪さを抱く程に心に安心感が覆っている。

海に浸かっていたはずなのに脚は全く濡れていなかった。

コテージの中は天井にはファンが回っており、部屋の中央はガラス張りになっていて海の中を眺める事が出来る作りになっている。男性はロッキングチェアに座って揺られていた。

「そこのソファに座りなよ。何も出せるものはないけどね」

ソファは柔らかく弾力のある座り心地だ。

「人と出会うのはかなり久しぶりだ。ずっとここで暮らしているからな」

「ずっとって……何年とかですか？」

「そうだろうね。時間の感覚なんてとうに無くなったけど」

男性は遠くを見つめるように天井を回るファンを眺めている。

「僕はフィレモンという人に出会ってこの世界にやって来た。何て言われたんだっけな？　もう覚えてないや」

「あたし達も同じです。電車の中でフィレモンと出会いました」

「電車？」

男性は上体を起こし怪訝そうな顔をする。

「どうかしたんですか？」

「いや、僕の時は電車じゃなかった気がしたから。覚えてないから分かんないけど」

曖昧な発言の為明利は気にしなかったが、四季は疑問を抱いた。

(もしそれが本当なら、私達が電車で移動しているのはこの世界に来る時に電車に乗っていたから？　だとすると)

「あなたは精神の世界をなんで移動したんですか？」

四季の言葉を聞いた男性は意外そうな顔をした。

「何だ、ちゃんと喋れるんだ」

「どういう意味？」

「自己紹介も友達に任して、今まで一言も何も言わなかったから喋れないのかと思ってた」

「こんな世界だから、すぐに他人は信用できない」

「用心深いね。きっと君は正しいよ」

感心したように頷くが四季は全く嬉しくなかった。

「僕は移動なんてしていない。着いた世界がここだった。そしてずっとここで暮らしてる。そうする事が正しい事だからだ」

思わせぶりな口調に過去に何かあったと察し二人は促す事はしなかった。しかし男性は久しぶりに人と話した為か躊躇いも無く身の上話を語りだした。

「色んな事を忘れても、辛い事だけは忘れないんだ。嫌な事って、それだけ心に深く刻み込まれるからだな。

僕は物心ついた時からずっと一人だった。親も知らない。ずっと施設で暮らしてた。だから周りから親無しって言われて虐められていた。高校生になってからはそんな事は無くなったけど、心に付いた傷と奥底に溜まった妬みや羨望は無くならなかった。

厄介な事に求めても決して手に入らないものを人は望むんだ。僕はずっと温かさを求めてた。純粋に愛してくれる温かさを。

現実にいた時、僕はとても歪んだ人間だった。他人を傷つける事にも貶める事にも何ら戸惑いも躊躇もなかった。今でも自分がどうしてそんな事をしていたのか分からない。ただ、そうしないと自分が保てなかった事だけは分かる。

ここは、まさしく僕が求めていた温かさに満ちていた。僕はこの世界に来て初めて救われて、生きている実感を得たんだ。もう僕は現実には戻れない。あんな冷たい現実に戻るぐらいならここで永遠に過ごした方が遥かにマシだ」

ここは温かい。まるで柔らかい体に包まれている安心感に満ちている。危険な物など何もない。自分は何もする必要が無い。ただいるだけで何故か愛されている気になる。愛情を感じる。男性にとってここは心から求めていた全てがあるエデンなのだ。

「僕は、ここに来て初めて心穏やかになる事が出来た。そして失いたくないと恐れてる。もう心に冷たさしかなかった自分には戻りたくない。

君達は、どう思うかな？　僕は現実に戻って自分のしてきた罪を償うべきかな？　それとも望んでも得られなかった場所に留まり続けるべきかな？」

「それは、ご自身で決める事ではないでしょうか？　あたしも四季も今あなたと出会ったばかりで、親しくもない赤の他人です。無責任な事は言えません」

「明利の言う通り、自分で決めるべき」

他人の意見は重要だ。物事を決めるのに大切な参考になる。だが他人の意見はあくまで参考でしかない。最後に決めるのは自分の意志だ。

「そうか……そうだね。これは大切な事だ。自分で決めないと駄目だね」

男性は瞑目して深い熟考に沈んだ。声を掛けるのは躊躇われたが聞かなければならない事がある。

「あの、あたし達は現実に帰らないといけないんです。何処に行けばいいですか？」

「……帰るのかい？　それが君達の意志かい？」

「そうです」

きっぱりと断言した四季の強い言葉に明利は自分の心が締め付けられた。

「確か、ここから南に進んだところに扉があったな。出口かどうかは分からないけど、行ってみるといい」

「ありがとうございます。四季、行こう」

「うん」

二人はコテージから出て南へと進む。

（ここは母親の胎内なんだ。生ぬるい水に心地よい気温、それと思わせる要素がいくつもある。初めの森とは違う。きっと子供が親を求める純粋な気持ちの世界だ。歪さも気持ち悪さも存在しない。無垢で、清廉だ）

（……あたし、ここは嫌だ。初めは綺麗だと思ったけど、嫌だ）

互いにこの世界に対しての答えを出した。

ふと、四季は気になった事を明利に尋ねた。

「明利は現実に戻ったら何をするの？」

「何って……」

「明利には沢山の友達がいて、ボランティアもしてる。現実が楽しいから戻りたいの？」

「…………」

「私には生きないといけない理由がある。明利もそうなの？」

「……うん。同じだよ」

明利は一瞬暗い底まで続く穴に飛び込んで、新たに生まれ直したいという欲求に襲われた。仄暗い海の底から誰かが手招きしているような錯覚に陥り、今すぐにでもここから立ち去りたくなり速足で扉まで向かった。

第五話　直線道路

電車で移動するのがこの世界のルールなのか、それとも人によって移動の仕方が違うのか疑問を抱いた。

電車の中を探索してみるも手掛かりは何もなく、貫通扉は鍵が閉まっていて開かず、フィレモンはいくら呼んでも現れる事は無かった。そうこうしている内に電車は止まり扉が開いた。

外に降りると眼前に何処までも真っ直ぐに続く道路が現れた。灰色の街とは異なりちゃんと色が付いている。ポカポカとした春の陽気に包まれており、道路の脇には新芽が生え渡っていた。

「今までになく見慣れた景色だけど、もう安心できないよ」

灰色の街の経験でどんなに現実に近い場所でも裏切られると教えられた。実際暖かいはずなのに緊張で身体は少し冷えている。

「道だけが続いてる。脇はどうだろう？」

四季が道路から脇道に出ようとすると壁にぶつかってゴンッと音がした。手で触れてみると脇道と道路を透明な壁が遮っていた。

「私達が壊せるものじゃないみたい」

「今更だけど、何か魔法みたい」

一応道路の周囲を散策してみるが得るものは何もなかった。

道路を前に歩いていくと少しずつ新芽が成長しているのが見て分かる。通常の植物の成長速度に比べたら驚異的な早さだ。

成長の過程で虫や野ウサギや鹿に食べられてしまう芽もある。突風に煽られて千切れてしまう芽もあれば、大雨で流されてしまう芽もあった。

やがては残った芽は成長して青々とした若木へと成長し、脇道は森へと様変わりしていた。

そして気候も変わっていた。進む毎に暑さと湿度が上がっていき春から夏へと瞬く間に季節が変化した。

「なにこれ……。もしかして進む毎に季節が変わっていくの？」

「今までで一番特異な場所。季節の変化と植物の成長、どんな意味があるんだろう？」

急な気温の変化に身体が付いていかず明利は汗だくになっていたが四季は相変わらず汗一滴流さない。

「暑い……ちょっと休まない？」

「こんな場所で休んでたら熱中症になる。それに、多分進めば暑さは消える」

確かにこんな場所では逆に水分と塩分と体力を消耗する。暑さに辟易しながらも明利は四季の前に立って歩き続けた。

若木は成長し大木となった。そのうち葉が色づき始め紅葉して脇道は沢山の落ち葉で埋め尽くされた。

夏から彩り豊かな秋へと変化した。やや肌寒いが過ごすのには心地いい気温だ。ここに来て明利はようやくこの世界の仕組みを理解した。

「春から夏、夏から秋、もしかして前に進む毎に季節が変化してるの？　ならこの次は冬か」

「そうなる。明利、これを着て」

四季はコートを脱いで明利に手渡した。コートの下にも長袖を着ているがやはり汗をかいていない。それよりも明利はコートに隠れていた胸を見せつけられて少々不愉快になった。

「気痩せしてるから気づかなかったけど、また大きくなってない？」

嫉妬と羨望の眼差しを向けられて四季は困惑した。

「こんなもの、あっても邪魔なだけ。何処が良いのか分からない」

文系であっても着替えが面倒くさいし何より肩がこる。体育会系の人は走る度に胸が揺れて相当痛いらしい。だからという訳ではないが四季は身体を動かすのは余り好きではない。故に胸が大きい事を羨ましがられても共感が全くできない。

四季からすれば明利の慎ましい胸の方が羨ましかった。色んな事が楽にできる。

「バストいくつだっけ？」

「測ってないから知らない。それと今この話をするのは全く意味がないから」

手渡されたコートを着るとかなり大きい。胸を隠すために標準より大きめのコートを着ているのだ。何とも言えない敗北感に苛まれる。

（D……いやE？　……ギリギリBのあたしと何処が違うの？）

どうしても胸の大きさの事ばかり考えてしまう。顔を叩いて雑念を払う。こんな事今は関係ない話題だ。まだこれから大きくなると自分を納得させる。

（それにしても、このコート全然汗臭くない。体臭も余り匂わない。本当に汗をかかない体質だけなの？）

発汗作用が極端に低いのか何かの病気なのか。以前四季に尋ねた事があるが「そう思ってもらえばいい」としか言わなかった。

心配そうな顔を向けられて四季は（気にしないで）と目で意思を伝えた。

秋の道路は徐々に肌寒くなってきた。紅葉した葉は全て地面に落ちて色がくすんで乾いて塵になっていく。吐く息はだんだんと白くなっていき空から雪が降ってきた。温暖化で関東では滅多に雪が降らない事もあって明利は思わず昂奮した。

「凄い！　雪なんて久しぶりに見たよ！」

手に取ると体温の熱でもすぐに溶けないくらい大きな牡丹雪だ。周囲は既に雪が積もり始めている。

「見て四季！　あたしこんな雪見たの初めて！」

子供みたいにはしゃぐ明利に対して四季は切なげに脇道を見ていた。

「どうしたの？　やっぱり寒いの？」

「……冬は命が絶える季節。あれを見て」

脇道に生えていた木はすっかり枯れてしまっている。夏に大木になったばかりだというのにあっという間に衰えてしまった。

「儚いね……」

「でもまだ生きている」

道路もひび割れ白線も色あせている。進む毎に一層酷くなり一部は地面が露出しており廃道同然だ。転ばないように慎重に歩いていく。

雪は一層強くなり何時の間にか吹雪と化していた。牡丹雪が身体に吹き付けて肩や頭に雪が積もる。今の日本の冬などとは比べ物にならない程に冷気に見舞われ、手は赤くかじかみ耳は千切れる程痛くなり歯がカチカチと鳴り続ける。

「四季！　一旦戻ろう！　これじゃ進むのは無理だよ！」

「そうしよう……。流石にきつい……」

明利以上に四季が危険な状態に陥っていた。手足の感覚は既に無く、視界もぼやけていた。元々白い肌は更に白くなり死人の様になっている。

寒くなる事は分かっていた。でも寒さには強いし、冬服を着ている自分よりも明利の方が耐えられないと思いコートを貸した。それがまさかここまでの寒波に襲われるとは思ってもみなかった。

明利に支えられ元来た道を戻ろうとした。しかし透明な壁に阻まれて引き返す事が出来なかった。さっきまで歩いていた道へ戻る事を許さないという意志が壁にあった。

「ちょっと！　どういう事!?」

明利は何度も壁を殴りつけるが徒労に終わった。

「……進むしかないって事？　でも今以上に寒くなったら」

「多分……進めば雪は止む……」

擦れた声で四季は言った。

「……こうなったら何処までも突き進んでやる。四季！」

明利はコートを脱ぎ四季に被せて背負った。首元のボタンを閉めてコートが脱げないように固定する。

「コートが大きくて良かった。これならあたしの体温と合わさって暖かいでしょ？」

「でも、疲れるんじゃ」

「陸上とボランティアで鍛えた身体を舐めないでよ」

自信たっぷりにウインクをされ四季は信じるしかなかった。

コートを脱いだ事で身体が一気に冷えた。夏服故に脚は大きく露出しており寒いというより身が裂かれるぐらいの痛みを感じていた。それでも四季の体温を身体で受けているから、背面から胴体とコートの中で背負っている腕は温もりに包まれていた。四季もまた明利の体温とコートの中に熱が溜まった事で低体温症から回復しつつあった。

何も考えられなかった。機械的に脚を動かしてただ前へと歩んでいた。

脇道の木は大きな枯れ木は枝が折れて突風と吹雪に晒され少しずつ身体が削られていき、最後には何も残らなかった。

枯れ木が完全に塵となって消えた頃、吹雪の勢いが弱まり心無しか暖かくなってきた。雪雲で真っ黒に染まっていた空から日の光が射し込み、まるで二人を救う為に天使でも降りてきそうだ。

空が晴れ、吹雪が止んだ。時間にすれば十分程度だが二人からすれば体感的に一時間以上の時間が過ぎていた。

「晴れた……」

「明利、大丈夫？」

「このくらい平気……って言いたいけど、やっぱきつい……」

四季は明利の背から降りコートを被せた。

特に脚が酷い状態になっている。露出している部分も寒気で白く冷え切っているが、一番危険なのは足指だ。雪が靴に入り込んで濡れてしまっている。どんなに身体が暖まっても神経が集中している足指が冷え切っていては回復をしない。体調は悪くなるし、下手をすれば風邪をひく。

　四季は肩を担いで明利を支えて歩き出した。本当は背負いたかったが、自分にはそんな力はない。

「ありがとう四季。やっぱり、寒いってきついね」

「凄くきつい。そんな状況で、明利は私を背負ってくれた。本当に、ありがとう」

「当たり前の事をしただけだよ」

「それがとても凄い事」

　脇道に積もった雪は日の光を浴びて少しずつ解けていった。露わになった地面は草一つ生えていない不毛の地だ。廃道の様な有様だった道路は徐々にひび割れが収まっていき白線の色も濃くなっていく。

　再び春の陽気に包まれた時、目の前に電車が扉を開けて停車していた。だがすぐに乗る訳にはいかない。

　明利の靴と靴下を脱がせて日の当たる地面に置いて乾かす。氷の様に冷たかったが思いのほか濡れていなかったからすぐに乾くだろう。冷え切った足は四季が何度も擦って温める。

「なんかくすぐったい」

「我慢して」

「うん」

お返しに明利も四季の脚を擦った。二人とも小さく笑った。

「春になって脇道に沢山の芽が出てる。こういうの見ると春が来たな〜って感じるよ」

それは脇道を見た何気ない感想だった。

「人生」

「分かってるよ。この場所がどんな精神を表しているのか。人の一生でしょ？」

「過去へは戻れない。失敗しても後悔しても前に進むしかない。そして最後は死ぬのは誰であろうと変わらない」

思い出したくない過去があるからこそ、四季の言葉は自身と明利の心に深く響き渡った。

「でも、こうして新しい命が生まれてる。命も想いも意志も受け継がれているんだよ」

「そう、だね」

あえて否定はしなかった。自分もそう思っている。だが全ての人が先代から受け継がれるとは限らない。

（四月は残酷な季節。不毛な大地に目覚めて過酷な自然で生きる事を余儀なくされる。かつての詩人はむしろ冬こそ暖かい季節だと詩で表現してた。雪が種や球根を包んでくれるから。

生まれたばかりの子供は初めこそ自由に過ごす事が出来る。でも大人になれば自由なんてほとんどない。過酷な人間社会の中で生きていく事を余儀なくされる。途中で人生に失敗する人も、耐えきれず死を選ぶ人もいる。それを全て乗り切って様々な経験と知識を得た上で余生を過ごすお年寄りの方が幸せなの？）

四季の考えは個人の価値観によるだろう。どちらが正しいかなんてあり得ない。

「ねえ、四季の名前も四季だよね」

「えっ？」

考え込んでいたから素っ頓狂な声が出て、明利は噴き出した。

「だからさ、四季の名前は春夏秋冬の四季でしょ？　改めて考えると、良い名前だよね」

「私の名前は確かに四季が元だけど………ッ！！！」

突然四季の頭に鋭い痛みが走った。細い針が頭に突き刺さるような痛みに頭を抱えた。

「どうしたの四季!?　大丈夫!?」

「平気……。明利は自分の身体を労わって」

地面に横になって深呼吸を繰り返すと頭の痛みは引いていった。

（私の名前に、何かあるの？）

今の痛みは一体何なのか？　自分の名前について、今何かを思い出す寸前だった。ただ今は明利に心配かけさせてはいけない為余計な事を考えないように努めた。

第六話　無限ループ

身体にのしかかる疲労感は甚大だ。四季はともかく、明利は目に見えて体調を崩している。顔は赤いままだし身体もまだ少し冷えている。コートを着させて少しでも楽になるように横に寝かしている。

（鞄もこの世界に持ってこれてれば。中にお茶やお菓子があったのに）

糖分や塩分補給が出来ても、水分が補給できなければ脱水症状になりかねない。雪を溶かして水にする選択肢もあったが、それはやりたくはなかった。

（あのコテージの男の人はずっとこの世界で暮らしてる。なら飲まず食わずでも過ごすだけなら問題ないけど、体力や体調を回復させるのなら話は違う）

明利は小さな寝息を立てている。四季は我が子を見守る母親の様に仁愛の想いを持って寄り添った。

この時ばかりは電車が長く走っていて欲しいと願ったが、願い虚しく同じ時間で電車は止まり扉が開いた。

（明利が起きるまで中にいても良いよね？）

電車の中にずっと留まっていたら何が起きるのか？　四季は不安そうに辺りを見回した。

しばらくの間は何も起きず静寂が辺りを包んでいた。別の車両から何かが来る訳でも、警報やアナウンスが流れる事もない。どうやら自分達が降りるまで電車は止まり続けるらしい。四季は安堵した。

十分程過ぎた頃四季も睡魔に襲われて半分眠りかけていた。その時電車の中に誰かが駆け込んできてその物音で一気に現実に引き戻された。

ぼさぼさに伸びた髪に無精髭を生やしている。男性らしいが腕や脚はかなり細く、それでいて腹部はでっぷりとした脂肪がついていた。薄汚れたジャージを着ており、生ごみの様な臭いが漂ってくる。

四季は顔をしかめ、嫌悪感を抱いた。外見などは余り気にしないが、ここまで他人に不快感を与える姿だと流石に唾棄の感情が出てしまう。

男性は四季を見つけると駆け寄ってきてその手を握り締めた。妙にべたついた手だ。

「助けて……助けて……」

口の中にねばついたものを含んだかのような喋り方だったが、とてつもなく切実な願いに抱いていた嫌悪感は僅かに薄れた。

「何？」

「真っ暗だ、先が見えない……。死にたい……でもまだ死にたくない。助けて、助けて……！」

言っている事は分かるものの突然の事すぎて四季は動揺してしまった。元々人と接するのが苦手なのもあって軽く混乱していた。

「……あなたのいた場所が関係あるの？」

四季の言葉は男性には通じなかった。譫言の様に「助けて……助けて……」と訴えている。

四季はどうすればいいのか全く分からなかった。こういう人の相手は明利の方が慣れている。男性から手を放して明利を揺すって起こした。

「どうしたの四季？　……うわっ！　誰これ!?」

驚くのも無理はない。四季は一連の出来事を話した。

「成程ね」

明利はしゃがんで男性と同じ目線になった。怯えと猜疑心が入り混じった瞳で明利の目をじっと見つめてくる。

「本心は？　あなたは本当はどうしたいの？」

「分からない。暗い……見えない……」

「生きていたい？　そうじゃない？」

「死にたくない……。でも、怖い……死にたい……生きたい……」

言っている事が二転三転している。主張がはっきりしなくて四季は少々苛立ちを覚えた。だが明利は男性の事を優しく抱き締めた。

「大丈夫。あなたは自分の本心が分かってる。でも一歩踏み出す勇気がないだけ。あなただけじゃない、誰だって初めは怖い。

立ち止まってもいい。泣いたっていい。甘えても、わがままを言ってもいい。前に歩く事が大切だから」

男性は僅かな間呆然となり、次いで大きな声で泣き出した。溜めていたものを吐き出すようにとめどなく涙が溢れていた。その間ずっと明利は男性を抱き締めていた。

泣き止んだ男性は幾分か落ち着いていた。少しばかり顔付きもしっかりした。

「ここは精神を旅する世界。この電車に乗って現実に戻るまでに人の心を見ていけば、きっと何かが変わるかもしれない。頑張って」

明利にしっかりと両手を握り締められて激励をされる。

「……そんな事を言われたのはすごく久しぶりだ。誰も、俺の事を気に留めないし蔑む事しかしないから。

頑張ってみるよ。現実に戻れたら、人生をやり直してみる」

もう一度抱き締め合い、二人は男性を見送って電車から降りた。電車の扉は閉まって虚空へと消えていく。

「鬱だよね」

「それに長期引き籠りだと思う。多分四十歳か五十歳ぐらいだと思う」

「そうなの？」

子供の様に怯えたあの姿はとても壮年や初老には見えなかった。三十歳ぐらいだと四季は思っていた。

「鬱病は簡単には治らない。一年以上かけて精神の回復に努めてもある日突然鬱が再発する事もある。心に付いた傷程厄介なものはないよ」

まるで自分の事の様に明利は語る。四季もまた身につまされる思いだ。

四季は敬意と敬慕の念を抱いた。誰であろうとも平等に接して助けようとする姿勢は簡単にマネできるものではない。少なくとも自分には無理だ。

（無償の愛程この世で尊いものはない）

まるで後光でも射しているかの様に明利の姿が輝いて見える。

「あたし達も行こう。あの人に負けていられないよ」

「……そうだね」

体調はある程度回復したらしい。顔色が良くなっている。

そしてここは今までになく幾何学的な場所だった。

真四角の道が真っ直ぐ進み左へと曲がっている。途中にはベンチがあり街灯が明滅しながら頼りない光を発している。上に登る梯子があり延々と上に道が続いている。ベンチの前には道が突き出ているが途中で寸断され行き止まりになっている。ベンチの脇には階段もあり別のルートから上に上がる事も出来るようになっている。

周囲は真っ暗闇だ。しかし自分達のいる場所は明るく、光源が無くとも道を見据えることが出来る。道から下を覗くと何処までも闇が続いていた。

「今まで以上に現実感がない場所だね。それに、あの影一体何なの？」

人の形をした影が道を歩いている。一様に頭を下げて重い足取りで歩いている。見ていると気が滅入ってくる。

「さっきの人がここにいたのと関係があるのかもしれない」

「……進もう。そうしなきゃはっきりした事は分からないよ」

初めは道なりに進んだ。道は真四角を形成する様に出来ていて上に上がる坂になっている。そこまで急ではないが道が平坦過ぎて滑らないように気を遣わねばならず見た目以上に疲労する。

初めの坂を登りきるとまたベンチと街灯があった。そのまた次も、次も、どれだけ登っても同じ光景が続いていた。

「梯子を登ってみよう」

滑り落ちないようにゆっくりと梯子を登る。上にあったのはベンチと街灯だった。

「なら階段で！」

「待って、少し休もう」

変化のない光景に苛ついて勢いで明利は行動しているが、普段身体を動かさない四季はもうばてていた。この時ばかりは額から汗を流して息切れていた。

「あ、ごめん。ついカッとなって」

「無理もない。座って落ち着こう」

ベンチに座って前を向いた時、二人はそれに気づいた。梯子を登ってきたから突き出た道の上が見えていなかった。

虚空にぶら下がる黒いロープに人がぶら下がっていた。どれ程の時が経っているのか、首が通常の二倍にまで伸びている。

「嘘……」

明利が駆け寄りぶら下がっている人を下ろした。よれよれのスーツを着た会社員で、首吊りの影響で恐ろしい形相になっている。それでもやつれた頬に墨の様な目のくまははっきりと見て分かった。

「どうしてこんな所で……。まさかこの人も」

「鬱」

遅れてやって来た四季が口にした。

「本当に苦しい時、人は今すぐ苦しみから逃れる術として死を選ぶ。あの人は先が見えないって言っていた。でも実際は絶望的な未来しか見えない。

私も同じだった。将来に絶望しかなかった。今生きている事があの時の私にはきっと信じられない」

「……あたしも同じ。本当に怖くて苦しい日々だった。

一度だけ、本気で死のうと思って炭を買った事がある。練炭自殺をしようとした。でもどうしてか、準備が整うと死ぬ気が無くなった。

初めから死ぬ気が無かったのかな？」

衝撃の事実のはずだが四季は余り驚かなかった。

「言いたくないけど……きっと本気だった。でも誰だって本心では死にたくない。はずみが起きない限り、本当に死のうとする人はいない」

「じゃあこの人は、こんな場所にいたから死を選んだの？」

「それは分からない。でもあの人みたいに鬱で、ここを夢の世界だと勘違いしてたら、安易に死を選ぶかもしれない」

ここは精神世界だ。夢の世界とも言えるが、自分達は現実世界から迷い込んだ現実の住人だ。ここで死ねば間違いなく死ぬだろう。しかし精神的に追い詰められている人にフィレモンの説明が果たして理解できるのだろうか？

明利は男性の目を閉じさせた。形相は変えられないが、せめて目を閉じて眠ってほしい。

「今だから言えるけど、どんなに辛くても生きていこうって言える。死んだらそれで終わりだから。もしあの時自殺してたら、今の幸せは無かったから」

人生はプラスマイナスゼロという言葉がある。だがそれは数ある人生の一例に過ぎない。幸福と不幸が平等などと誰も言っていない。

生きなければ幸せは得られない。そして幸せを得るには自分の行動が全てを決める。だがどれだけ努力をして善行を積んでも理不尽で不条理な不幸に見舞われる事もある。それでも生きるか、死を選ぶか決めるのは自分自身だ。

「……未来は分からない。だからこそ皆未来を怖がっている」

「それが生きる事だと思う。四季、あたし達は生きよう」

明利は立ち上がった。その瞬間、ほんの一瞬の出来事だった。

頭から落ちていく、自分達と同じぐらいの少女。水に濡れた制服を着ていた。その一瞬だけ、時間が遅くなった。明利の目には薄い笑みを浮かべて落ちていく少女の顔が焼き付いた。

「……まだずっと上があるの？」

落ちる少女は四季も捉えた。上を見据え目を凝らして見るが何処までも同じ道が続いて見えた。

「行こう」

それからは無言だった。ただひたすらに黙々と上へと上っていく。

自分達より先に来ていた人とも出会った。

力尽きて倒れている人はいくら話しかけても反応を示さなかった。目は虚ろで口からは涎を垂らしている。

道の隅の蹲って震えていた人は明利が声を掛けると金切り声を上げて襲い掛かってきた。咄嗟に突進をかわすとバランスを崩して道から落ちて奈落へと消えていった。

「…………」

ただ声を掛けただけだ。誰が見ても明利のせいではない。しかし明利は心にどす黒い感情が噴き出てくるのを感じた。

虚空からぶら下がっているロープで首を吊っている人を何人も見つけた。その全ての人を下ろして目を閉じさせた。

どれだけ上ったのか分からない。そしてどれだけ進んでも出口が見えてくる気配すらなかった。

「明利。私の考えを聞いて欲しい」

無言で立ち止まって振り返った。

「きっと、これから先もずっと同じ道が続いていると思う。この場所はただ進むだけじゃ駄目。何か法則を見つけないと永遠に歩き続ける事になる」

「……そうだね。それに、流石に疲れたから座って考えようか」

二人でベンチに腰を下ろして深く息を吐いた。ここにいると死への恐れが薄くなっていく。安易に死にたくなる場所になんて長居はしたくない。

「何で四季はこの道が永遠に続くと思うの？」

「鬱になるのは大体環境が原因。環境から解放されないと鬱から回復するのはとても難しい」

「そうだね。必ず、助けてもらえる訳じゃない」

「心の中は誰にも見えない。死ぬ事と生きる事を何度も際限なく繰り返す。それが鬱」

「でも、終わりはあるでしょ？　一生鬱状態の人なんていないんだから」

「言っている事は正しいよ。でも」

ここまでかなり上ったはずだが未だに果てが現れない。後何時間？　何日上ればいいのだろうか？　気が遠くなる。

「ねえ明利。電車に乗り込んできた男の人はどうして電車に辿り着けたの？」

「どうしてってって……そう言えばあの人は助かったけど、他の人はずっと上に上ってる。電車はあたし達が歩き始めた場所にあった。もしかして、引き返すの？」

四季は頷いて言った。

「私もそう思った。試す価値はあると思う」

押して駄目なら引いてみろとはこの事だろう。ただ愚直に進むのではなく、発想を変えて機転を利かさなければ道は開けない。

来た道を引き返し幾度か道を下りていくと、二人の前に電車の扉が現れた。まるで初めから待ち構えていたかのように扉が開かれている。

「こんなに簡単に……。でも、上にはまだずっと道は続いているのに」

「私も明利も、永遠に終わりが来ない程長い苦しみと幽愁の日々を過ごした。深みに嵌った鬱から抜け出す事をイメージすら出来なかった。

物事には始まりのきっかけがある。解決するのは難しい、逃げ出すのには勇気がいる。

そんな単純な問題でもないのかもしれない。でも、原因を取り除くには引き返さないといけない。私は……そうだと思った」

精神を病み、周囲にその事をひた隠しにして、自分を殺して生きていく。果たしてそれが正しい生き方なのだろうか？

自分本位は嫌忌されがちだ。身を殺して尽くすのが美しいとされる。だが、本音や本心をずっと封じて生きていける程人は強くない。

他人を愛する前に、自分を愛するべきだ。

「何かそれ、昔やってたドラマのタイトルみたいだね。恥ずかしくても、責められても、逃げる事って必要なんだね」

「逃げる事で解決する問題なら、それで正しいんだと思う」

第七話　壊れた積み木

人の死を何度も目にしてきたからか明利は感覚が麻痺してきた。灰色の世界で見た飛び降りに比べたら、首吊り自殺に対して動揺しなくなった。こんな事に慣れてきた自分が嫌になる。

それにしてもと思う。四季は初めから冷静だった。動揺はしたが錯乱したり気が動転する事もなかった。それは元々感情が余り表に出ない故か、自分の為に努めて冷静に振る舞ってくれているのだろうか？

電車が止まり、二人は少し警戒しながら降りた。また人が駆け込んでくるかも知れなかったからだ。

そこは色のない真っ白な世界だった。雪や白銀などの様に他の色が僅かにでも混ざる事は無く、清潔感や清純さを感じる感情のある白でもない。一切の色を抜き取られ無の白がそこに広がっていた。

足元のバランスが悪く、よく見ると地面は隙間なく敷き詰められた積み木の部品で埋まっていた。永遠と果てなく積み木が地面の上に敷き詰められている。

「何か、病院みたい。人に何の感情もいだかせない白色みたい」

「病院の白の方がまだ感情表現豊か。こんな無地の白は見た事がない」

積み木をいくつか拾って見ると、僅かに曲線を描いていた。レゴブロックの様にはめ合わせる事が出来るがきちんと合ったパーツでないと歪な形になってしまう。

「……こういうので遊んだ事があったな。まるで子供のおもちゃ箱みたい」

思い出を語る明利の表情は暗澹としていた。

「おもちゃ箱と言うのなら一番初めの森が当てはまる。ここはそんな愉快な場所には見えない。おそらくその積み木に意味がある」

四季も積み木を手に取って観察して組み合わせたりしていたが上手くパーツが合わず匙を投げた。そもそも積み木の数が膨大過ぎる。ここから本来のパーツを探し当てるのは砂漠で真珠を探すぐらい果てしなく徒労な作業だ。

足元が積み木なので歩くのに難儀する。脚が埋まったり積み木が崩れたりする事はなかったが、バランスを崩して四季は何度も転んだ。明利に支えられていてこれである。積み木は意外と硬くないが何度も転べば流石に身体が痛い。

「バランス感覚良いね」

「こんな悪路でバランスなんて取れないよ。滑るし躓くし」

「お互いしっかり積み木を踏みつけて歩くしかない」

二人三脚の様に歩いた事もあれば社交ダンスみたいに手と身体を合わせて歩いた事も

あった。

そうして歩いていると何かに躓き二人揃って倒れてしまった。その時腹部に感じた感触は積み木のゴツゴツとしたものではなくつるりとした柔らかいものだった。

身体を起こして見てみると脱色された人が力なく倒れていた。アルビノなどというレベルではない、ボディペイントでもしなければここまで白くはならない。景色とほとんど同化していたので歩くのに集中していた二人は全く気づかなかった。

「この場所の住人？」

明利は軽く身体を揺すってみるが何の反応も示さない。試しに身体を仰向けにしてみるとなんと顔がなかった。デッサンのモデルに使う人形の様だ。そして身体を動かされても無反応だった。

「死んでるの？」

その発想にすぐ至る自分に驚き嫌になった。こんな世界を旅しているせいで自分の中の感覚や常識が狂っていっている。

「そうとは断定できない。ここでは安易な決めつけは視界と思考を狭めるだけだから」

(常人な自分より、少し人と違った感覚を持っている四季の方がこんな状況だと頼りになるな)

今更ながら明利は痛感した。

目を凝らして周囲を見渡すと同じ様に倒れている人もいれば、何もせずただ立っているだけの人も、体育座りをして虚空を見つめている人もいる。

　それらの人達に近づいて声をかけてみたが本当の人形みたいに無反応で、立っている人に至っては軽く身体に触れただけで積み木の上に倒れてそのまま動かなくなった。

「動かない？　無視してる？　聞こえてない？　……分からない。積み木と関係あると思うけど」

「何か……皆白くて感情とかが感じられないね。今まであった嫌なものも全く存在しないって言うか……無味無臭って言うか……」

　明利は難しい顔をして頭を捻る。

（感情……。感情がない？　……それだけじゃない気がする）

　四季の中で僅かにだが答えが見えた。何かあと一つ切っ掛けがあればこの場所の意味が分かるかもしれない。

　代わり映えのしない景色の中を歩いていると本当に自分が前に進んでいるのか分からなくなる。時折「ただ足踏みをしているだけではないのか？」とそんな錯覚を抱く事もあった。

　無論ただの思い込みだ。ただここは、見方によっては先程の無限ループ以上に無限ループである。際限なく続く平地の同じ景色は砂漠を歩くかの如く荒涼としており人から気力と感情を奪う。

　二人の口数は次第に減っていき、遂には無言で唯々白い世界を歩き続けるだけとなった。

どれ程歩いただろうか？　視界の左側に僅かに動くものを捉えた。二人は言葉を交わす事も無くそれに近づいていった。

それは今まで見た白い人と同じく真っ白だが、キチンとした人の姿を保っていた。

ポニーテールの髪にくたびれたパジャマを着ている。自分達よりも身長が低く幼さが残っている。おそらく小学生だろう。

少女、だろうか？　見た目の雰囲気はそうだが明利以上に平たい胸に顔付きはどちらかと言うと男の子に近い。

その子は地面に落ちている積み木を拾っては試行錯誤しながら組み合わせようとしている。だがこんな膨大な積み木の中から正しいパーツを見つけるのは不可能だ。一体どれ程の時間続けているのだろうか？

二人が近づくとその子は微かに反応を示し顔を上げた。他の人に比べればまだ顔の輪郭が僅かに残っている。しかしすぐに顔を下ろして作業を再開した。

「ねえ、一体何をやってるの？」

明利の声に反応を示さない。覗き込むとその子の持っている積み木の四つが温もりを感じさせる木の色を持っていた。それも半ば以上が消えかかっているが、パーツ同士はしっかりと組み合わさっていた。

「色の付いた積み木……もしかして他にもあるの？」

周囲を見渡すと無色の積み木に紛れて木の色の積み木が散見された。その子は立つ気力が無いのか座ったまま手の届く範囲の積み木を組み合わせている。

「ねえ四季。この子の代わりに積み木を集めてあげようよ。放っておけないよ」

憐憫の情を浮かべる明利の事を本当に優しいと四季は思った。そしてお人好し過ぎると思った。

(昔から、とにかく他人に尽くす。どうせ止めても無駄か)

「いいよ。私も手伝う」

「ありがとう！　待ってて、今集めるからね！」

実に生き生きとした顔で積み木を集め始めた。それはもう僅かな見落としもないように目を凝らして高い集中力で隠れた積み木を探し出していく。

明利が止められないからというのもあるが、四季の本心としてはこの積み木が完成したらこの場所がどの様な意味を持っているのか分かる気がしたからだ。

目に付く積み木を拾っていくが明利の速さと正確さには敵わず五倍近い差をつけられて一先ずその子に全て渡した。

その子は積み木を渡されるととても驚いた様に顔を見上げ、僅かに頬が紅潮し顔の輪郭がよりはっきりと見えた。心なしか身体の色が戻ってきている。

そこからは速かった。まるで初めから積み木の組み立て方を知っているかのように次々と正しく組み合わせていき、最後のパーツが嵌った時、それはサッカーボール程の丸い木の積み木となり眩い光を発した。余りにも眩しくて直視する事が出来ず二人は目を覆った。光が収まった時積み木は消えており、その子は顔も色も取り戻していた。

「……あれ？　僕、どうしたんだろう？」

何が起きたのか分からない様子でその子は辺りを見渡し、二人を見つけるとややあって顔がパアッと明るくなった。

「お姉ちゃん達が僕の事を助けてくれたんだね！　ありがとう！」

その場に似合わない快活とした明るい声でお礼を言われ明利は笑顔で「どういたしまして」と応えた。四季は何も言わなかったが笑みを浮かべていた。

「でも、あたし達の事分かってたの？」

「水の中みたいに濁ってたけど、ちゃんと見えてたよ。お姉ちゃん達が僕の心を集めてくれたから元に戻れたんだよ」

「心？　どういう事か説明して」

この場所の核心に迫る事ゆえに四季はつい威圧的に迫ってしまい、その子を怯えさせてしまった。

「四季！　まずは自己紹介が先でしょ。

あたしは篝火明利。よろしくね」

「風香四季。怖がらせるつもりはなかった。ごめんなさい」

「気にしないで。ちょっと驚いただけだから。僕は若村純一って言うんだ」

屈託ない笑顔を浮かべている。

「仮面を着けた人に会って、よくわからない事を言われた後ここにいたんだ。何処まで行っても白いだけの積み木の世界で、ここで疲れて動けなくなったんだ。

……嫌な事があって、心なんて無かったら何も辛くないのにってずっと思っていた。何もかもが嫌になって、心なんていらないって考えていたら何時の間にか僕の身体から心が抜け出ていったんだ。

僕が誰で、どんな生活をしてたのか全部忘れていった。でもたった一つだけ忘れたくない事があったから、流れ出た心を集めようって気になれたんだ。でもお姉ちゃん達が来なかったらきっと元に戻れなかったね」

とつとつと純一は話した。この話で四季は全てを理解した。

「成程。ここは心を壊した、又は心を要らないと願う人の精神。積み木は全て壊れた心。そしてもう二度と戻らない廃人と化している」

「どうしてそんな事になるの？」

「辛いのは全て心が、感情があるから。それが無ければ何も感じず何も痛まないし苦しまない。……言っている事、分かるでしょ？」

分かる。分かるのが辛い。明利も純一も沈痛な面持ちで黙り込む。

「心は脆く傷付きやすい。私達はまだずっとトラウマを抱えたまま」

「…………」

「…………」

「でも、心があるからこそ幸せを噛み締められる。少なくとも私は、明利と出会えて本当に幸せだった。毎日が楽しいよ」

はにかみながら告白した四季を明利は僅かに真顔で見つめ、次いで心の底から幸せに満ちた笑顔になって抱き締めた。

「あたしも四季と出会えて幸せだよ！　本当にありがとう！」

「ちょ！　明利……苦し……」

涙目で力一杯抱き締めるものだから四季は苦し気に呻いた。それでも明利は抱き締め続けた。四季は迷惑そうながらも嬉しかった。

「よく分かんないけど、良かったね、お姉ちゃん達」

一連の出来事をポカンとした表情で見ていた純一は嬉しい事があった事だけを把握した。

明利が四季を離して苦し気に息を整えた頃、三人の前に電車の扉が現れていた。ここでするべき事は終わったという事なのだろう。

「純一君も一緒に行こう。一人だと危ないよ」

「……うん。本当に危なかった。僕も何かあったらお姉ちゃん達の事を助けるよ」

「頼もしいね。じゃ、行こうか！」

二人の精神世界の旅に同行者が出来た。

第八話　忘却の命

「純一君、どうしてポニーテールにしてるの？　男の子、だよね？」

「うん……その、こうしなくちゃいけなくて……」

そう言う顔は非常に暗い表情だった。自分や四季の様に心に闇を抱えているのだろう。今は深く尋ねることはせず「そっか」と言って話を切った。

「一つ聞きたい事がある。あなたは電車で移動した？」

「う〜ん………分かんない。あの場所でああなっていたからなのかな？　少し前の事が思い出せないんだ」

心が壊れて失いかけた影響だろうか？　電車での移動が通常なのか個人毎に異なるのか四季は気になっていた。

電車が止まって扉が開いた。純一は黙って二人の方を向いた。意外と冷静な子だ。明利が先頭に立って電車から降りて、安全な事を確認してから二人を手招きした。

子供達の笑い声が響く。小鳥の鳴き声がメロディーを奏でる。楽し気に談笑する母親達、道路を郵便配達のバイクが走っていく。

色が無いなどという事はない。身体が影でも灰色でもない。何ら現実世界と変わらない光景が広がっていた。

「帰ってきたの!?」

純一は興奮して走り出そうとしたが明利に肩を摑まれた。

「残念だけど、ここは現実じゃないみたい」

「何で？　だって皆ちゃんとしてるよ？」

「よく顔を見て」

四季に指摘されてよくよく顔を見て見ると、何と瞳が存在していない。初めから目がない生物であるかのように平然と生活をしている。純一は怖くなって明利の後ろに隠れた。

「目を閉じてるのかと思った。でも目があるように動いてない？」

「常識なんて当てはまらない。目がない事に何か意味がある」

現実と変わらない光景に興奮する事も浮き足立つ事もなく、慎重かつ用心深く観察して行動している。その姿に自分と二人の差をはっきりと痛感した。

「ごめんなさい。僕、考えなしに行動しようとして」

「そんな事気にしなくていいの。ここじゃ常識は通用しないし、あたしだって初めは混乱する事ばっかりだったんだから。常識が通用しないここに慣れる方が難しいし。あたし達の後ろにちゃんと付いてきてね。何が起きるか分からないから」

「分かった。僕、お姉ちゃん達の後ろに控えて周りをよく観察するね」

明利はただフォローしたつもりなのだが純一には「落ち着いて行動しろ。余計な事はするな」と伝わっていた。無論、そんな事明利は気づいていない。

二人を他所に四季は周囲を見て回っていた。

（ここ、住宅街みたい。結構入り組んでる。住宅街って迷路みたいな所が多いしこれは普通か）

「行こう二人とも。住宅街を見て回ろう」

周りにいる住民に話しかける事はしない。藪をついて蛇を出すような事はしたくない。

「本当なら知らない場所を探索する楽しみがあるんだけどなあ」

「そんな事現実に帰ってから好きなだけすればいい」

入り組んだ住宅街は迷いやすく目立つ家を目印にしなければすぐに迷子になってしまいそうだ。家の中では父親が新聞を読んでいたり母親が家事をしていたり子供がおもちゃで遊んでいたりと、本当に何処にでもあるのどかな家庭ばかりだった。

自分達みたいな暗い闇を背負った家は見た限りでは何処にも無かった。平穏で、幸せで、どんなに望んでも手の届かない光景が目の前に広がっている。

「家に帰らないと……。僕がいないと駄目なんだ」

その光景を羨望しながらも嫉妬する事も現実を嘆く事も無く、純一は強い意志を持って拳を握り締めた。

「家に帰ってどうするの？　辛いだけでしょ？」

自分にとって家とは悪夢でしかなかった。家に帰りたいと強く願う純一の想いが四季には理解出来なかった。だから、自分の思いが口をついて出てしまった。

「守らないといけない人がいるんだ」

それ以上は何も言わず、失言だったので四季も深く尋ねる事はしなかった。

時折道を歩いている人がいたり自転車や車が道を通るぐらい、違和感を覚えるものは何一つとしてなかった。思い切って明利が住民に話しかけてみたが無反応だった。

「高台でもあれば怪しいものがすぐ見つかるのに」

「そんなに都合良くはいかない。今は見て回るしかない」

二人がそう話していると純一が「ちょっと待って」と言いしゃがんで地面を見つめている。

「どうかしたの？」

「……この道路、妙にでこぼこしてるよ」

言われて二人は目を凝らして地面を見ると、確かに僅かな凹凸がある。どうやらアスファルトとは違うようだ。手で触れてみると乾燥とざらついた触感を指先に感じた。

「もしかしてこれがこの場所の意味の一つなの？」

四季は答えなかった。頭の中である仮説が思い浮かぶも、それは余りにも無情すぎたので自ら頭を振って否定した。

「それにしてもよく気づいたね。あたしと四季だったらもっと時間が掛かってたよ」

「色々な所を見てたら気づいたんだ。これって何なんだろう？」

明利は四季に視線を送り、四季は目を伏せた。まだ仮説なのだ。もっと手掛かりを得る必要がある。

それからは四季が前に立って住宅街を歩いた。目的地がある訳ではないが、四季はただひたすらに家が少なく寂れていく方を探して選んでいた。不思議な事に、その意志を読み取り案内するかの様に目当ての道をすぐ見つけることが出来た。

空き地が増え、木々が目立つようになっていた。家の温もりや人の活気が無くなったからだろうか、心なしか空気が冷えた気がする。

手入れのされていない雑木林が露わになり、同時に周囲からは完全に人の気配が消えた。まるでこの場所だけが異なる空間であるかの様な空気感を持っている。

今までの様な現実離れした異質な不気味さではなく、現実にある寒々しい恐怖感がここにはあり、明利は背筋がゾワリと鳥肌が立つのを感じた。純一も怖いのか明利の後ろにくっついている。

微かに道の名残があるが、完全に雑草に覆われ半ば獣道と化している。四季が歩まなければ気づく事もなかっただろう。

「ねえ四季、この先に何があるの？」

「行けば分かる。私の予想が正しければ、良いものじゃないけど」

それは初めから分かっていた。こんな場所に愉快なものなどある方が間違っている。

開けた場所に辿り着くとそこは神社だった。管理する人がいなくなって久しいのか、扉は朽ちて穴が開き左側は金具が錆びて外れて倒れている。賽銭箱にはお賽銭ではなく虫が巣くっており下から蟻が出てきている。手摺りと柱は苔とカビに覆われており雑木林の中でありながら何処か埃っぽい。

「うわあ……雰囲気あるな……」

廃墟自体は何度か見た事があるが、絵に描いたような神社の廃墟は見た事がなかった。

「完全に忘れ去られてる。昔はちゃんと手入れされていただろうに」

「ここが目的地なの？」

「そうなる。中に入るよ」

「……純一君、離れずに付いてきてね」

既に自分の服をがっしりと摑んでいる純一には言う必要はないだろうが、念の為だ。

神社の中に入るとそこにはご神体も無く、ただ一つ朽ちた大きな石碑が置かれているだけだった。神社の中に置かれてあるはずだが彫られていた文字のほとんどが風化して消えており内容を読み取る事は出来なかった。

「何だろうこれ？　随分立派な物みたいだけど」

四季は石碑に触れて表面を指先でなぞっている。文字が読めなくても彫られていた微かな感触から文章を読み取ろうとしている。

物凄い集中力だ。邪魔をしてはならないと思い純一に口に人差し指を当てる仕草をして神社から外に出た。

(点字なら読めるけど、あれは勝手が違うからな。四季に任せておくしかないか)

ただ待つだけ、それもこんなお化け屋敷みたいな場所でだ。夏の日差しが照り込んでいたらまだ爽やかな空気があっただろうに。少し愚痴をこぼしたくなった。

「明利お姉ちゃん。地面、土じゃないよ？」

純一が不思議そうに地面を指さす。

「石畳だよ。神社とかだと地面に敷いてあるんだよ」

「知ってるよ。でも、感触が違うんだよ」

「感触って、材質が違うだろうし手入れされてなかったら劣化もするから当然でしょ？」

「そうじゃなくて、地面の感触が町から変わらないんだ」

まさかそんな事はと思い明利は地面に下りて何度か足踏みをして、地面に触れてみた。

(この硬さ、感触、それに凹凸も同じだ。えっ？ 同じ地面がずっと続いてたって事？)

嫌な汗が流れる。同じ地面がずっと続いている事も異常だが、それ以上にこの地面が何で出来ているかだ。

分からない。しかし、本能で理解を拒否している。地面に触れた姿勢のまま明利は固まっていた。

「何してるの明利？」

四季の声に我に返り、姿勢を崩して地面に尻餅をついた。

「その……何か分かったの？」

聞きたくはなかったが、自然と言葉が口から出てしまった。

「全部は分からなかった。でも一つだけ分かった。あれは慰霊碑、死んでいった人達の魂を鎮めその事を忘れない為のもの。

でも今では忘れ去られている。誰も気に留めていない。誰も知ろうとはしていない」

「どうして？」

「現実を生きている人は毎日死んでいく命の事なんて気に留めない。そんな事をいちいち気にしていたら生きていけないから。

食事の前に『いただきます』と言う。あれは命をいただくという意味。私達は常に命を喰らってる。でも実際、そんな事を意識している人なんて半分もいない。命を浪費する事に何の感情も抱いていない」

「……動物だから。人だったら忘れないよ」

深い意味はない、純一の心に思った言葉だ。そしてその言葉は人間の本質そのものだ。

「私達の暮らしは沢山の人が血と命を流した末に築き上げられたもの。でも、私を含めてほとんどの人は誰かが与えた恩恵を忘れて生きている。戦争も、科学も、医療も、文学も全て同じ。私達の足元には、忘れてしまった命が積み重なっている。

動物だからじゃない。人も人を忘れる。世代とか、時代とか、意識とか、理由は色々ある。私にも、どうしてそうなのかは分からない」

毎日誰かが死んでいる。それが偉人であっても凡人であっても、平等に人は気に留めず忘れて生きていく。

自分には関係がないから、関わりがないから、興味がないから。全くもってその通りだ。毎日死んでいく人の事を覚えていく事など不可能だ。自分の身の回りの人の事を覚えておくだけで手一杯だ。

故にこれは責められる事ではない、罪でもなければ誤りでもない。至極当然の、当たり前の事だ。

「……人ってさ、惰性で生きてるとこがあるんだよね。毎日毎日同じ事の繰り返しで、昔はしていた感謝の気持ちとかを次第に忘れていくんだよ。

あたしだってそうだよ。これは、人間の習性みたいなものだと思う。世の中の人が皆命に感謝しているのなら、きっと世界はもっと平和になってるよ」

虚し気に、そして寂しそうに明利は達観した事を言う。四季よりは知識では劣っても、経験という面では四季よりも上回っている。

「忘れないよ。だって、忘れるって思い出が無くなっていく事だよね？　でもそんな事はないよ。忘れても思い出せるなら忘れない。皆覚えてるから。

動物も人も関係ないって分かったよ。四季お姉ちゃん」

純一の言葉はこの場に癒しの雫となって二人の荒んだ心を潤した。二人とも自然と笑みを浮かべていた。

「そうだね。忘れても忘れる訳じゃない」

「それが、何であろうとも。『忘れない』が人の徳なのかもしれない」

記憶は消えない。覚えない事はあっても、物理的な作用が無ければ人は決して忘れない。

三人は決して忘れないだろう。自分達の足元に積まれた骨の山を。見えないだけで、自分達は骨の上に生きているのだ。

神社の奥に電車の扉が現れ、三人は中に乗り込んだ。

第九話　霧の迷宮

「人の命は地球より重いって本当なの？」

電車の中で純一の発した何気ない疑問に明利はすぐに答える事が出来ず、代わりに四季が答えた。

「それは詭弁。人は地球から生まれた動物の一種で哺乳類。人の命が地球より重いなんて事はあり得ない」

感情論を一切排除した冷徹なまでの理知的な答えだ。

「でも、人が人に対する想いって本当に重いと思うんだ。だからどんなものより大切だって想えるんじゃないかな？」

人の気持ちを汲み取った優しい考えだ。少し人間贔屓な気もするが、その辺りは意識していないのだろう。

二人は面白いぐらい対照的だった。明利はあえて口を挟まず二人の議論に耳を傾けた。

「例えなら分かるけど、実際は違う」

「でも、どんな人でも絶対に忘れないぐらい大切な人はいるよ。四季お姉ちゃんにもいるでしょ？」

明利に緊張が走った。今まで互いの過去について触れないようにしてきた。触れられたくない事をあえて触れて互いを傷つけたくなかった。ただ、ここに来てからその事について意識するようになっていた。

四季は何も語らず、ただ胸に手を当てていた。純一も何かを感じ取ったのかそれ以上何かを聞く事も尋ねる事もしなかった。

（想い……。あたしの四季に対する想いは、何ものにも代えられないよ）

四季の横顔を見つめ明利は静かにそう思った。

電車が止まり扉が開くと共にミルクの様に白い霧が流れ込んできた。電車の中は濃霧で足元が埋まりすっぽりと覆いつくされてしまった。脚を上げると濃霧が脚についてきて流れるように落ちていく。

「液体窒素の煙みたい。冷たくないし、臭いもないから違うだろうけど」

「見て二人とも。ある意味壮観だよこれ」

呆気に取られながら明利は言った。電車から外を見ると全てが深い濃霧に覆われており一寸先も見えなかった。スマートフォンのライトで照らしてみるが、数センチ先を照らすのが精一杯で後の光は濃霧に吸い込まれてしまっている。

白い闇。矛盾した光景が目の前に立ち塞がっていた。

「わあ……。テレビで見た絶景みたい」

純一は無邪気に目を輝かせる。こんな風に思えればまだ気が楽だったが、今はもうそんな気持ちにはとてもなれない。

「四季、あたしの手をしっかり握って。純一君も」

「うん」

「はい！」

逸れたら終わりだ。全員ここで野垂れ死ぬ事になる。

濃霧の中に入ると身体を霧が包み込んだ。質量があるのか僅かに身体に伸し掛かってくる感覚があった。

分かってはいたが、やはり恐ろしい程に濃い。すぐ近くにあるはずの互いの顔すら包み隠してしまっている。

足元は平らで硬質な感触だ。何があるか分からないし、転ばないようにゆっくりと石橋を叩くように歩いていく。

「二人とも、いるよね？」

「手を繋いでるでしょ？」

「見えないから不安になるの！」

「大丈夫だよ。手は絶対離さないよ」

まるで雲の中を歩いているみたいだ。自分の体重が無くなって宙に浮くような感覚に見舞われる。

それが、とても心地よい快感を与えてくる。歩いていると身体に纏わりついてくる霧が鉛の様に伸し掛かり疲労と心労を与えてくる。しかし立ち止まれば、霧は全身を羽毛の如く優しく全身を包み込み幾度も夢見た空へと運んでくれようとしてくれる。

前に進むのが、これ程までに辛いと感じた事はない。だが、ここまで来て霧に呑まれる訳にはいかない。歩みの遅くなる四季と純一を明利は何度も励ましつつその手を引っ張った。

体力はもうとっくに無くなった。気力だけで脚を動かしている。歩みを止めさせようとしてくる霧、疲れ切り引っ張ってもらわねば歩く事が出来ない四季と純一、これ程に重いものを背負っても明利は手を離さず二人の為に歩き続けた。

（あたしは、必要とされているんだ！　二人があたしを必要としてくれるなら、あたしは何処までも進むことが出来る！）

全身から滝の様な汗が流れ出る。歯が砕ける程強く噛みしめ、手の汗で滑る手を二人の手に絡ませて絶対に外れないように結びつける。

誰かの為に動く。それはかなりの重圧となって人を苦しめる。だが時として人に限界を超えた力と気力を与える。今の明利はまさにその状態だった。

だが濃霧の道は明利の覚悟を嘲るように何処までも果てしなく続き道を包み隠している。脚が震え、指が紫色に染まり、歯茎から血が流れ出した。幸いなのは、霧のお陰で喉の渇きが起きない事だ。

歩いている感覚が失せ、思考力も失い、脚の関節が限界を迎えそうになった時、遂に濃霧から抜け出した。

だが三人はその事に気づかず、まだ前に歩こうとした。

『止まりなさい。もう霧から出ましたよ』

優しく、温かく、穏やかな声がした。明利の肩に手が添えられ、全身に深緑に包まれた様な心地よい冷たさが駆け巡った。

我に返った明利は脚を止め、その瞬間前のめりに倒れそうになり、その身体を柔らかい布が包み込んだ。上を見上げるが汗で視界が滲みはっきりと見えなかった。

「明利……?」

「明利お姉ちゃん……?」

急に手を放された事で二人もまた僅かに思考力が戻り怪訝そうに前を向いたが、濃霧でびしょ濡れになり視界がぼやけて誰がいるのか分からない。疲れ切った身体はふらつき立っているのだけで精一杯だ。気を抜けば今にも倒れて気を失ってしまいそうだ。

『よくここまで辿り着きましたね。あなた達は全ての苦難と苦しみから解放されたのです。さあ、まずは疲れを癒してあげましょう』

何か鈴の音の様な音がする。音と共に全身を何かが駆け巡る。それと共に身体が軽くなり、今までになく穏やかで心豊かな心持ちになった。

全身から汗が蒸発し、代わりに喉が潤い身体の芯から満ちるのを感じた。

視界が戻ると三人の前にいたのは瑠璃色の羽衣を身に纏い慈母の微笑みを浮かべた女性だった。浮世絵に描かれる天女そのもので、親しみやすさを抱かせる一方で現実離れした異質さを今まで以上に感じ取った。

「……ありがとうございます。お陰で助かりました」

尋ねたい事は沢山あるがまずは礼を告げるのが先だ。

『お礼には及びません。私は当然の事をしただけですよ』

女性の声にはエコーが掛かっていた。水晶に反射する水の如く綺麗な声だ。

「あなたは誰？」

女性に近づこうとした純一を抑えて四季は尋ねた。

『私は現世で艱難辛苦に苛まれた人々を救済する者。そしてここ桃源郷の管理者です』

女性が手を広げると霧が晴れまさに夢の様な光景が広がった。

春先の穏やかな気候に幾重にも虹が空に道を描き、七色に輝く鳥が飛んでいる。微かに酒の香りがする川が流れ鯛や鯵といった淡水と海水の魚が混ざって泳いでいる。地面に生えている草からは精神を落ち着かせる香りが漂い、地面はホットカーペットの如く暖かい。

「まさに桃源郷。仙人が暮らす場所みたい」

『仙人などいませんよ。ここには私が救済した人しかいませんから』

女性の言う通り、桃源郷には目に見える範囲で天女に介抱され慰められている人達がいる。老人も女性も男性も子供も皆同様だ。

ある人は延々と愚痴を言い続け、ある人は天女に母親の様に甘え、ある人は並のサラリーマンの月給が消し飛ぶ程の料理に舌鼓を打っている。あらゆる束縛と苦しみから解放されたからか一様に緩み切った幸せな表情を浮かべている。

「ここは、天国なの？」

そんな事はあり得ないが、余りの光景につい口をついて出てしまった。

『苦役から解放されるのですから、天国とも言えますね』

天女は四季が抑えている純一に惚れ惚れする優雅な足取りで近づいた。警戒心を露わにした四季が立ちはだかったが、天女は四季の瞳をじっと見つめた。

『すぐに信じられないのは無理もありません。ですが私は決してあなた達の敵ではありませんよ』

天女の瞳は吸い込まれそうなぐらい深く蒼い色をしており、四季は自分の意識が瞳に吸い込まれそうになった。唇を噛んですぐに自分を取り戻すが、天女は僅かな隙も逃さず純一の傍に立ち前屈みになって頭を撫でた。

『分かります。あなたは幼い身でありながら人の道理を外れた仕打ちを受けてきたのですね。可哀そうに……。ですがもうその様な仕打ちを受ける事はありません。あなたも、あなた方も、ここで永遠に幸せの時を過ごすのですから』

その言葉は耳から頭の中に入り何度も反響した。まるでそうするのが正しいと暗示をかけるように訴えかける。三人は、天女の言葉に半分以上呑まれかけていた。

　ぬるま湯に浸かる快感と脱力が全身を包み込む。そして手を伸ばし掛けていた。目の前に広がる安寧と安穏、願望してやまない楽園に。

　明利が手を伸ばしたその時、景気の良いパンッという音がして明利は僅かに正気に戻る。四季が自らの頬を叩いたのだ。

「フィレモンはここが集合無意識の世界、精神の世界だと言った。ならこの光景も全て仮初、人が心の奥底で望む存在しない楽園」

『あの者の言葉を信じてはなりません。あ奴は人を惑わし苦しめる悪鬼、死した人間の魂を喰らう妖なのです』

　天女は義憤に満ちて言う。

「かもしれない。だけど、私達は何も知らない。だからフィレモンにもあなたにも余計な情報に惑わされず見定める事は出来る。

　もし初めて来た精神世界がここだったらあなたの甘言に惑わされていたかもしれない。だけど多くの精神世界を旅したから言える。少なくともフィレモンは嘘をついていない。そしてあなたは嘘をついている。嘘つきの言う事は信じられない」

『嘘……？　私がどの様な嘘を申したと言うのです？』

　天女は激しく狼狽した。

「あなたはさっき現実で苦しんでいる人を救うと言った。確かに私達は苦しみを抱えている。でも私と明利は救いを求めてはいない。そして本当に苦しんでいる時に救いの手は差し伸べられなかった。何より、誰もこんな救いは求めていない。

現実で生きるのは確かにとても辛く、苦しい。虚しいと感じる事もある。だからこそ人は存在しない桃源郷を心に思い描く。楽園は存在しない。でも、自分の手で作る事は出来る。

ここは現実逃避をする人の拠り所。そしてあの人達は都合の良い楽園に呑み込まれて歩む事をやめた人達。でも軽蔑はしない。だって、現実は厳しいから。私達より大人なら尚更溺れてしまう。

私達は前に進む。誰に言われたのではなく、自分の意思で」

毅然とした態度で四季は力強く宣言した。こんなに大きくて頼もしい四季を明利は見た事が無かった。

天女は四季の言葉が信じられないといった様子だ。しばらく四季を見つめた後、純一に視線を向ける。

『あなたも現実に戻りたいと願うのですか？　またその身を苦痛に委ねるのですか？』

純一は少し考えるように目を閉じて、意を決したように口を開いた。

「辛いよ。お姉ちゃん達が助けてくれなかったら僕は自分を無くしてた。自分を無くしたいと願うぐらい辛いんだ。

でも、僕は戻らないといけないんだ。僕は妹を守らないといけない。僕が逃げたら妹が辛い目に遭う。そんな事は絶対に嫌だ。どんなに助けてほしくても、僕一人だけ助かっても意味なんてないんだ。

だから僕は家に帰る。泣いたっていいし、弱音を言ってもいい。でも、逃げたら駄目なんだ」

純一もまた毅然とした態度で自分の意志をしっかりと示した。

天女はやや目を伏せて、明利に視線を向ける。

『あなたはどうなのですか？　先程楽園に手を伸ばそうとしましたね？　あなたは現実に戻りたくないと望んでいるのではないのですか？』

天女の言葉に明利は動揺を隠せなかった。逃げ場を探すように視線を巡らせるが、最後は自分の手を胸に当てて弱々しい声で答えた。

「あたしは、現実に帰る。あたしを、必要としてくれている人の為に」

天女は三人を交互に見渡し、初めとは異なり冷厳な面持ちで告げた。

『桃源郷への扉は望んでも開かない。それでも現世に戻ると言うのですね』

最早言葉の必要は無く、四季と純一は力強く頷いた。明利は小さく頷いた。

『……分かりました。それがあなた方の覚悟だと言うのなら。ですが、後悔しますよ。霧の向こうにあるあなた方の真実に』

周囲に霧が立ち込めてきた。三人の身体を霧が包み込むとまるで切り離されていくかの様に天女と桃源郷が遠のいていき、消えていった。

霧はもう重くはなかった。自分の脚で歩いていく事が出来る。四季は明利に手を伸ばした。

「何か抱えているものがあったら私に言って」

「四季……」

「この霧の中を前に歩けたのは明利のお陰。だから今度は私が明利を助ける」

「……ありがとう。でも、今は進もう。それは後でも話せるよ」

明利の手は冬場の水の様に冷たかった。その手を四季は力強く握りしめる。

霧は薄くなり互いの姿をちゃんと確認する事が出来た。だから純一は自分の脚でしっかりと前を見据えて歩いている。

（私達の真実……一体この先に何があるの？）

自分の真実なら予想はつく。だが二人の真実、心に抱いた闇が如何様に現れるのか見当もつかなかった。

明利は明らかに様子がおかしかった。こんなに弱々しく小さな明利は見た事が無かった。桃源郷に手を伸ばそうとした事といい、僅かな間に一体何があったのだろうか？

突如突風が吹いた。目を開けていられない程の強風で身体を煽られる。風が吹き止んで目を開けると、霧は全て吹き飛ばされていた。

「ここは……」

霧が消えて現れたのは何処かの通路だった。下水道、もしくは何処かの地下通路みたいだ。薄暗く常夜灯の様な頼りない小さな明かりが照らしている。足元は水で濡れており身体に纏わりつく嫌な湿気に満ちている。埃っぽく、カビの臭いも強い。

「怖い場所だね。ここが後悔する場所なのかな？」

「いや、その先にある。長居すると身体を壊しそう。早く行こう」

後ろの道は塞がれてしまっており嫌でも進むしかない。歩く度に水が跳ねて靴に沁み込んでくる。

　目に見えて明利の歩みが遅く重い。まるで鉛でも背負っているかの様に身体を逸らして下を向いている。

「明利。体調が悪いの？」

「……四季って、あたしが思っていたよりずっと強かったんだね」

「何を言ってるの？」

　明利はそれ以上答えようとはしなかった。本当に体調が悪いのかもしれない。だがこんな場所で休んではもっと身体を悪くするだけだ。四季は明利に肩を貸し支えながら歩き出した。

（本当は背負いたいけど、私にそれだけの力はない。早くここを抜けよう）

　明利に肩を貸しても四季の歩みは変わらなかった。ひとえにそれは親友を助けたい為に発揮される心力だ。

「四季お姉ちゃん。僕も手伝うよ」

「気持ちだけもらう。あなたは自分の脚で転ばないように歩いて」

「……わかった」

少々不満そうだが、身長の低い純一では明利を支えて歩くのには無理がある。状況を把握して駄々をこねないだけ立派と言える。

じめじめとした薄暗い通路の先に現れたのは分厚い鋼鉄の扉だ。錠前は掛かっていないが分厚い鉄製の閂が四本も刺さっている。封じるには厳重だが開けるのは容易い作りだ。

四季は扉を叩いて耳を当ててみたが何の反応もなかった。

「純一君。開けるのを手伝って」

「任せて！」

「明利。少し待ってて」

「持てるの……？」

「それはやってみないと分からない」

閂は相当固いが、持ってみると見た目以上に軽く四季や純一でも簡単に外す事が出来た。

外された閂を明利が持ってみようとすると鉄塊の如く重くビクともしなかった。

扉を開いて中に入ると、直後に扉がひとりでに閉まり闇へと消えていった。戻る必要はないが「もう逃げられない」と言われているみたいだ。

真っ暗闇の部屋に突如明かりが灯った。スポットライトの様な明かりがあるものを映し出す。それは絵だった。暗闇に浮かぶ絵には二人の男女が描かれている。

「これは……どうしてこんな所に私の両親の絵があるの？」

四季は驚きの余り呆然として立ち尽くし明利から手を離してしまった。

「違うよ四季お姉ちゃん。これは僕のお母さんと……あいつの絵だ」

純一は絵を指さして言う。そこには怒りと憎しみと悲しみが満ちていた。

「嘘……。あれは間違いなく私の両親。純一君の親のはずがない」

（まさか父、母違いだと言うの？　……いや、流石にそんな事はあり得ない。それが出来るぐらいなら、父さんはまだしっかりしてた）

四季は明利の方を向いた。

「明利。あなたにはあれが自分の両親に見える？」

明利は答えなかった。ただ涙を流して震えていた。尋常ではない怯え方だ。死刑執行寸前の死刑囚の如く歯を打ち鳴らし今にも悲鳴を上げそうだ。

「どうしたの？」

四季が手を伸ばすと明利は震える声で小さく呟きだした。

「嫌だ……やめて……やめて……もうやめてお母さん……」

「明利」

四季が肩を手で掴むと明利は電流を喰らったかの様に身体を見悶えさせ、四季から離れていった。

「四季もあたしの事を必要としてなかったの？　本当はあたしなんて必要なかったの？」

「何を言ってるの？」

「あたしは……どれだけ頑張っても必要とされないの……？　あたしは必要ない人間なの……？」

明利の身体を闇が包み込んでいく。その闇はまるで生きているかの如く蠢いている。

「明利！」

四季が手を伸ばした時には明利は闇に呑み込まれていた。闇は更に二人を呑み込もうと迫ってくる。

「四季お姉ちゃん……」

「後ろにいて」

にじり寄る闇から引き下がっていくが、無情にも冷たい壁が背中に当たり逃げ道を塞いだ。二人の動きが止まったのを察したのか闇は一気に迫ってきた。

四季と純一は覚悟を決めて目をきつく閉じた。

第十話　決意

「もう大丈夫だよ。目を開けてごらん」

　何処かで聞いた事のある声がした。目を開けると四季と純一がいたのは電車の中だった。二人の前にフィレモンがいる。初めて会った時の姿とは異なり、バトラースーツを皺一つなく着込んだ執事の格好をしている。

「深淵の闇に呑み込まれる前に救われたね。君達は精神の旅を終えたのだ。この電車が止まる時、それは君達が現実に帰る時だ」

　淡々と事務的にフィレモンは告げる。

「明利はどうしたの？」

　四季は明利の姿がない事に気づきフィレモンに詰め寄った。

「残念ながら彼女は心の闇に呑まれ、精神の深淵へと引きずり込まれた。彼女は精神の旅を乗り越える事が出来なかった」

　説明はそれで終わりとでも言わんばかりにフィレモンは口を閉ざした。

　四季の中に今まで感じた事のない熱く滾る感情が噴き出してくる。フィレモンの襟首を掴んで壁に叩きつけた。

「電車を止めて！　私は明利を助ける！」

「その結果、自分が死ぬ事になってもいいのかね？」

「そんな事はとっくに覚悟してる！」

親友を救う意志はとっくに固まっていた。自分が死ぬ恐れがあったとしても、そんな事を微塵も恐れず立ち向かう気だ。

「黄金の輝きに勝る程の素晴らしい友情だ。私は非常に好感を抱いたよ。

そして質問をさせてほしい。何故助けたい？　君と彼女は出会って数年の間柄ではないのかね？　その短い関わりの間に命を賭して救う価値が生まれたのかね？」

まさかこんな事を質問されるとは思っていなかった四季は僅かに思考を巡らし、それが感情を鎮火させた。フィレモンの襟首から手を離して座席に座り込む。フィレモンは襟首を直し四季の前の席に腰を下ろした。

すぐには言葉が出なかった。自分の中が混乱していてどう伝えればいいのか分からなかった。

「君も座り給え。少々長い話になるからね」

「……分かりました」

純一は四季の行動に驚き唯々見ている事しかできなかった。

「ごめんね。驚かせて」

隣に座ると四季が済まなそうに謝ってきた。純一は首を横に振った。

「ううん。四季お姉ちゃんは間違った事をしてないよ。僕もきっと同じ事をしたよ」

純一に励まされ四季は多少立ち直り、深く深呼吸をして冷静さを取り戻した。

「中学二年生の頃、明利と出会った。明利はその頃にはボランティア活動や地域活動に積極的に参加する素晴らしい子だと評判だった。朗らかで明るくて、誰に対しても優しく平等に接する人気者。私に声を掛けてくるのは当然の事だった。

でも何故か、明利は私の事をとても気に掛けてくれた。私の事を何よりも優先して動くようになっていった。どうしてそうなったのか私には分からない。理由を聞いても『人として当然の事をしてるだけ』としか答えなかった。

私に生きる喜びを与えてくれたのは明利だった。生きながら死んでいる人生を送るはずだった私は明利のお陰で命を得た。

だから、今度は私が明利を助ける。今回だけじゃなくて、これからもずっと助ける。それが親友だから」

かつての事を思い出しているのか、四季の言葉には懐かしさと切なさと恐れが入り混じっていた。

フィレモンは四季の話を聞きながらその目をじっと見つめた。心無しか仮面の奥の瞳を細めているような気がする。

「過ごした時間が濃密であるのならその数年は何十倍にもなる。君にとって彼女はかけがいのない大切な存在なのだね。

　君の想いは理解した。だがそれだけでは君は彼女を救い出す事は出来ない」

「どうして?」

　焦りと苛立ちが口から出る。

「君は、闇を抱えているね。そして罪の十字架を背負っている」

四季は驚いた。何故、フィレモンがそれを知っているのだろうか?

「闇を恐れ、過去から逃げている君では彼女を闇から救い出す事は出来ない。君自身も闇に呑まれてしまうだけだ。

　闇に呑まれれば、口では決して語り切れない責め苦を受け続ける事になる。死に勝るだろう。そんな目に遭うと知っても尚、君は親友を助けたいのかね?」

「助ける!」

　どんな目に遭おうとも、どれ程の危険が待ち構えていようとも、明利を助ける意志は揺るがない。ダイヤモンドの如く固く美しい絆がそこにはあった。

「君達の友情と絆は金銀財宝の山にも勝る程の価値があるよ。多くの人を見てきたが、これ程の絆を有している人は久しぶりだ。

　良いだろう。君を闇と向き合う場所へと連れて行こう。……そうしてくれますよね?」

　フィレモンは虚空に向かって話しかけた。

「……ふふっ。あなたも楽しんでいるんですか。確かに彼女達の様な人は滅多に見ませんからね」

「誰に話しかけているの？」

「それは君が知る必要はないよ」

フィレモンは受け流した。問い詰めても答えないだろう。そしてそこまでする理由もない。

「……僕も、一緒に明利お姉ちゃんを助けに行く」

黙って話を聞いていた純一は意を決して発した。

「純一君!?　どうしてあなたが。命の危険を冒してまで助ける理由はないでしょう」

「あるよ、四季お姉ちゃん。だって僕は、お姉ちゃん達に助けてもらわなかったらここにはいなかったんだ。だから今度は僕が助ける番だよ。何が出来るか分からないけど、それでも僕も明利お姉ちゃんを助けに行きたいんだ。

勿論、四季お姉ちゃんだったとしても同じだよ」

何が出来るか出来ないかではない。ただ助けに、支えになってあげたいという想いだけだ。

「彼女の言う通りだ。君が助ける必要はない。闇と向き合い彼女に付き合って助けに行くつもりかね？　君は知り合って一日も経ってない他人だ。

命の恩人。たったそれだけの理由で本当に同行するつもりかね？」

「はい。それに、もしここで自分だけ現実に戻るような事をすれば、きっと僕は一生人を助けられず背を向け続ける。そんなのは、絶対に嫌だ」

純一は眉間に皺を寄せ身体に力を込めた。

なんて強い少年なのだろうか。確かに命の恩人ではあるが、自分達は知り合って数十分程度の関係に過ぎないのだ。そんな他人同然の相手を、どんな動機があるにせよ恩義があるからと言って命を張って助けるなどそう簡単に出来る事でもなく、決意する事も出来ない。

それは決して場の雰囲気に流された安易な決意ではない。力強い表情がその証だ。

「君がそうすると言うのならそうすればいい。しかしその道は茨の道だよ」

「分かっています。人を助ける……守る事がどれだけ大変な事なのか、よく分かっているから」

純一は暗い顔で答えた。

「では二人を、心の闇へと向き合う世界へと誘おう。扉はすぐに開く。もう後戻りは出来ないよ」

フィレモンの姿は消え、宣言通り電車の扉はすぐに開いた。

第十一話　鏡の洞窟

電車から降りるとそこは一面滑らかに輝く水晶の洞窟だった。

思わず溜め息が出てしまう程に美しい光景に二人は心を奪われる。僅かな歪みや凹凸は自然が生み出した神秘の光景であると如実に心に伝えてくる。ここが精神の世界だと分かっていても常識的な部分でそう捉えてしまう。

「凄い……こんなの見た事が無い」

純一は至極当然な反応を漏らした。

「アイスランドにはこういう洞窟があるみたいだけど……これは氷じゃない」

触れてみると滑らかな触り心地で、冷たくはない。それも水晶とは異なる感触だ。

映り込む自分の姿を見て四季はこれが何なのか理解した。

「鏡か。ここは鏡の洞窟」

「これ全部鏡なの？」

「鏡は自分の姿を映すか。ここで自分の闇と向き合うのね」

純一は気を引き締めた。ここは大自然が生んだ奇跡の産物などではない。浮かれている場合ではないのだ。

「でも、何も起きないね」

「進みましょう。そうすれば何かが起きる」

二人は手を繋いで洞窟の奥へと歩んでいった。

前後左右何処を見渡しても鏡で覆われている。どっちを向いても自分の姿を見る事になりどうにも落ち着かない。

「何か……嫌な気分になる」

映り込む自分の姿と顔を見て純一は顔をしかめる。

「人は現実を直視しない。極力目を逸らそうとする」

「えっ？　……そう、だね」

初めて知った事だが何故だか理解する事が出来た。

「それは仕事や責任、日常生活でも同じ。だからそれを紛らわす為に、目を逸らす為に色んなものに手を出そうとする」

「趣味とか？」

「……そうかもしれない。私も、そうなのか分からない」

「でももしそうならこの鏡は」

四季は頷いた。

「鏡程現実を突き付けてくる物は無い。自分自身の姿は、否応なしに現実を語る」

鏡とは、身嗜みを整え秀麗を競い合い自己満足に浸るだけの物ではない。それだけの為に使えているのならそれは幸せな事だろう。

鏡は自分の姿を映し、そして全てを語る。必死に目を逸らそうとしている現実を突き付ける。責任も、仕事も、老いも無情に知らせてくれる。

「鏡は、怖い物なの？」

「違う。そもそも、そんな風に鏡を見ただけで思うなら精神に余裕が無い証。普通の人は何も感じない。

今私が説明した事は、この世界ではそれが当てはまるかもしれないという事」

鏡に映る自分がもう一人の自分みたいに見えてくる。互いに今の姿を長時間も見せつけられると陰鬱な気持ちになる。

（妹を守る為にずっとこの姿をして、あいつの仕打ちを受け続けてきたんだ。こうして見ると、本当に酷い姿だよ）

（私は……まだ怯えている。暗闇に差し込む一筋の明かりに、怯えている）

無意識の内に脚が速くなる。無意識の内に「ここから早く出たい」と思い始める。

やがて行き止まりへとぶつかった。円形状に囲まれた場所で、抜け道や隙間も存在しない完全な密閉空間だ。

「引き返さないと」

「きっと無理よ」

来た道は閉ざされていた。これまでの経験から四季はもう慣れた様子だが、純一は動揺を隠せずにいた。

「どうなるの？」

（自分自身と向き合う世界か……）

三六〇度何処を向いても自分の姿が映り込む場所、ずっといたら気が変になりそうだ。肉体的な拷問よりも精神的な拷問の方が遥かにえげつなく過酷なのだ。

「えっ？」

鏡に映り込む自分達が一斉にこちらを向いた。そして鏡を抜け出して二人の前に立つ。

『守る事しか出来ないのに、現実に戻ってどうするんだ？』

『私は生きないといけない。明利なんてどうでもいい』

『どうせまたあいつに好き勝手な事をされるだけだ。何も出来やしない』

『人が怖い。だから私はこんな姿。人は怖い。私の身体を見たら拒絶する』

『心なんて必要ないとずっと願っていたじゃないか。どうして自分に嘘をつくんだ？』

『幸せなんて望んだらいけない。私は一人で良い』

『もう充分辛い目に遭ったのに、また辛い目に遭いに戻るのか？　もう良いだろう？　好きに生きたって誰も文句は言わないよ』

『他人なんて何かの拍子に簡単に顔と態度を変える。信じて、また心を傷つけるの？』

『妹なんてどうでも良いだろう？　だってずっと凛って名前で呼ばないじゃないか？　ど

うでも良いと思っているから名前で呼ばないんだ』

『十字架は下ろせない。生きる屍として生きるのが罪であり私の贖罪』

鏡から出てきた自分達は口々に最も指摘されたくない事を口に出して突き刺してくる。

『本当は凛の事なんかどうでも良いとも思っている癖に』

『本当は明利の事なんてどうでも良いと思っているのに』

「「違う！」」

二人は同時に声を荒げて否定した。

『違わない。全部本当だよ。だって僕は僕じゃないか』

『私は私。私の言葉は真の言葉』

それは二人をより追い詰める為の言葉だったが、逆にこの言葉で二人の心は鏡の自分達の言葉を受け入れる事が出来た。

（そうだ。僕は……逃げたかったんだ。だからこの世界に迷い込んだんだ）

（……全部、本当の言葉。誰もが抱く、見てはいけない裏側の姿）

二人は一歩前に出た。

「君の言う事は正しいよ。うん……そう思ってた」

「思ってはいけない事は最も強く思っている事。ありがとう、教えてくれて」

人は必ず幸せに、目標に、自分のすべき事に対する不満と疑いを抱く。そんな事を抱くことなどあってはならない。だからそれを見ないように心の奥底に封じ込める。

見て見ぬ振りをしていても、それは心の中に留まり続ける。見て見ぬ振りをしているからこそ心を蝕み浸食していく。やがて、気づかない内にそれは自分の本性となっていく。

『本当に？　自分の事を、他人に話せるの？』

『自分の傷を広げるのを恐れていたのに、今更受け入れられるの？』

二人は黙って頷いた。

『なら、証明してよ』

『また心の傷に苛まれて、苦しむだけなのに。馬鹿な私』

鏡が眩い光を発し、二人は目を覆った。

＊

気が付くとそこは鏡の洞窟ではなかった。何処かの家の中だ。

部屋の中は綺麗に掃除されているが、所々壁が凹み穴が空いている。よく見ると床は傷だらけでカーペットの上はシミだらけだ。

「ここは、僕の家だ」

「これが純一君の家……」

見た目は綺麗でも、暴力の跡が痛々しい。温もりを感じる分より辛く感じる。

「僕の家で、僕達を閉じ込めている籠なんだ」

淡々と純一は話す。

『お兄……ちゃん』

扉を開けて一人の少女が入ってきた。子犬の様に怯えていて見ていてかなり痛々しい。

「凛……」

「純一君の……妹……」

四季は心臓を鎖で締め付けられる痛みに襲われた。胸が苦しくなり息が荒くなる。

純一は思わず抱き締めようとするが凛は純一をすり抜けていき、部屋の奥に埋もれている布団へと歩み寄っていく。

布団を退かすと純一がそこにいた。今よりもやつれた、生気の無い顔で起きているのか寝ているのか分からない顔をしている。

『お兄ちゃん……お兄ちゃん……』

切実な声で凛は純一の身体を揺さぶる。ややあって純一は顔を上げた。

『凛……どうしたんだ？』

『あいつが帰ってくる』

その時玄関の扉を開けて怒鳴り声が響き渡った。

『親が帰ったのに出迎えもないのかクソガキ共！』

何でそんなに大きな音を立てて歩くのか問い詰めたい足音で現れたのは、無精髭を生やしたガタイのいい大男だった。土佐犬が威嚇するみたいな顔付きで近づくと問答無用で殴り掛かってきた。咄嗟に純一が凜を庇いその顔に鉄拳を食らい吹き飛ばされる。

『お兄ちゃん！』

『何がお兄ちゃんだこのガキ！』

凜を蹴り飛ばし更に踏み付けようとするのを純一が身代わりになり、身体を打ちのめされる。

『俺に食わせてもらっているんだから俺に服従するのが当然なんだよ！　分かったら返事の一つでもしたらどうなんだ！』

純一は何も答えない。その態度に腹を立てた男は更に激しく踏み付けてくる。

何でそこまでするのか？　四季には理解不能だった。

男は疲れたのか飽きたのか、最後に純一に唾を吐くと部屋から出て行った。純一と凜を気の毒そうに、そして申し訳なさそうに見守っていたやつれた母親は男に付き従って離れていった。

『お兄ちゃん……大丈夫……？』

『平気だよ。あれに比べたらこのぐらい。どうせあいつ、パチンコで負けたからその憂さ晴らしがしたかったんだ』

『……どうして、こんな目に遭うの？』

純一はそれには答えられなかった。代わりに凜の頭を撫でて言った。

『何があってもお兄ちゃんが凜を守る。それだけは安心してね』

『……うん』

凛は辛そうに頷いた。決して安心はしていない。

（これが……純一君の闇……）

四季は無言でこの光景を見ていた。そして何も言わずに純一が口を開くのを待った。

純一はややあって沈痛な面持ちで口を開いた。

「僕は、どれぐらいここにいるんだろう？　凛は、大丈夫かな？」

四季は何も言えなかった。

「お父さんが交通事故で死んだのが、僕が四歳で凛が二歳の時。お母さんは一人で僕達の事を育てようと頑張ってて、その内仕事先で親しくなったあいつと結婚した。でもあいつは、外面が良いだけの最低の奴だった。

暴力と暴言の嵐。それにあいつはお母さんだけじゃなくて凛にも手を出そうとした。だから僕が身代わりになってるんだ」

「それって……」

吐き気がした。知ってはいるが、現実として直面すると嫌とか気持ち悪いとかそんな感情を通り越して何も感じなかった。自分でも不思議なぐらい、無の吐き気を抱いた。

「守る事しか出来なかった。だって、相手はあんなに強そうで、子供の僕にはどうする事も出来ないから」

純一は僅かに身体を震わせた。それは恐怖と言うよりも怒りからくる震えだった。

「凛の前ではあんな風に振る舞っているけど、本当に辛くて嫌だった。心なんて無くなって、何も感じないようになりたいって願ってた。だから……凛の事も名前で呼ばなかったんだ。逃げたかったから、避けたかったから。

もう僕はそんな風に思わない。お姉ちゃん達と一緒にいて分かったよ。本当に守る為には、守るだけじゃなくて行動もしないといけないんだ」

「どうするの？」

「誰かに助けてもらう。今まで、こんな簡単な事に気づけなかった自分が、情けないよ」

「それは無理もない。本来、助けてくれるのは親だけだから。子供が本当に信用できるのは、親だけだから。誰かに助けを乞うなんて、考えつく方がおかしいから」

仄暗い表情で四季は語る。

「お母さんはどうするの？」

「……お母さんはあいつの言いなりで、正直……もう好きとは思えない」

はっきりとは言わなかったがそこには「親とは思えない」という意思がありありと込められていた。

子供にとって親は全てだ。守り、慈しみ、強く、時に厳しい。その概念を失えば子供にとっては強い失望と絶望に苛まれるだろう。親を慕う気持ちは失せ、恨みと怒りしか感じなくなる。

「お母さんを大切にした方が良い。純一君と妹が苦しんでいるように、親も苦しむ。手遅れになる前に、お母さんに手を差し伸べた方が良い」

「四季お姉ちゃん？」

「私の様になりたくなければね……」

自分と同じ轍を踏んでほしくないと悲し気に教えた。

「私もあの時、純一君の様に強ければ良かった。そうすれば二人は死ぬ事はなかったかもしれない」

もしもあの時、なんて過ぎた事の過程を想像する事程不毛で虚しい事はない。

「純一君は強いね。自分のトラウマを見せつけられているのに、冷静でいられるんだから」

「そんな事は無いよ」

冷静でいるのではなく、何をするべきか自分がどうするべきか分かったから落ち着いていられるのだ。

純一は己の闇を受け入れ克服した。

「きっと今明利がいたら、涙を流して純一君を抱き締めてる」

「明利お姉ちゃん……」

純一は強い。辛い環境下において、守るべき人がいたとしても全部を身代わりになるなんてそうそう出来る事ではない。そして自分達と過ごした僅かな時間で成長して、自ら行動する強さを得た。

それなのに四季はこれから見せつけられる自分の過去に怯えていた。情けない自分に自嘲してしまう。

先程の眩い光が発せられ二人を包み込んだ。

＊

そこは明かりの消えた暗い部屋だった。襖から差し込む一筋の明かりのお陰で辛うじて部屋の中を見渡す事が出来る。

部屋の隅に布団で全身を覆い震えている少女がいる。過呼吸の様に乱れた激しい息遣いをしている。

「この子は」

「私よ」

四季は努めて身体の震えを晒さないようにしたが気が付けば自ら身体を抱き締めていた。

「純一君。これから起きる事は……子供のあなたには見せてはいけない事なの。目を瞑っていてもらえる？」

何であろうとも逃げる気はない。四季の過去が何であれ否定せずに受け入れる気でいる。

しかし四季の様子からただ事でない何かが起きると察し咄嗟に目を閉じた。それは恐怖ではなく、四季の為だ。

（まさか……この光景を見る事になるなんて思わなかった……）

こうなる事は分かっていた。それでも直面するまでは信じられずにいた。

襖が開き母親が入ってくる。逆光の明かりで顔はよく見えないが、その手に持っている包丁が鈍く光る。

母親は幼い四季が包まっている布団に近づくと小さく「ごめんなさい」と呟き、そして包丁を振り上げた。

その時、幼い四季は布団から飛び出して母親の下腹部へと突進した。母親の腹部が赤く染まっていく。

その手には包丁が握られていた。子供とは思えない力で包丁は根元まで深々と刺さっていた。母親は血を吐いて仰向けに倒れ伏した。幼い四季もそれにつられて一緒に倒れた。

（……ああ）

これは過去の映像だと分かっているからこそ何もしなかった。だからこそ身を引き裂かれる程に辛かった。

身体に痛みを感じた。気が付くと、無意識の内に身体に爪を立てて引っ掻いていた。勝手に動こうとする手を血が出る程握り合わせて黙らせる。

どうにか手を抑えると四季は純一の手を取って足早に部屋を出た。

「四季お姉ちゃん？」

握られた手からぬるりとした液体の感触を感じ、純一は不安そうな声を漏らす。

「まだ目を開けないで」

襖の先に広がる光景を目にして四季は恐ろしい程冷たい表情を浮かべた。そのまま廊下へと出た。

「もういいよ」

純一はゆっくりと目を開けた。

「……何が起きたの？」

音が聞こえた。何か柔らかい物が刺されて嘔吐するような音と共に水が散らばり、そして背後へと人が倒れる音だ。

純一にはそれが何を意味するのか理解できていない。

四季は瞑目した。全てを話すべきだろうか？　こんな事を、純粋無垢な少年に教えて良いのだろうか？

「あっ！」

純一が声を上げて四季は目を開いた。廊下に立っていたはずの自分達が何時の間にかさっきの部屋に戻っていた。倒れた二人はいなくなっていて、また自分が布団の中で震えていた。

襖を開けて男が入ってきた。下着姿で目が血走り、ぼさぼさの頭に無精髭を生やしている。吐息からは強い酒の臭いがした。

「四季お姉ちゃん……」

四季は純一の目を両手で覆った。

男は何も言葉を発する事も無く幼い四季へと近づくと、布団をはぎ取り着ているパジャマを乱暴に脱がせた。

幼い四季が『やめてお父さん！』と叫ぶと凄い音を立てて母親が部屋に入ってきて父親に抱き付いた。父親は女性を抱き締め返すとそのまま部屋から出て行った。

幼い四季は死んだ顔で涙を流していた。しばらく何処からか聞こえる物音だけが家の中に響き、やがて幼い四季は無言のままパジャマを着直した。パジャマは穴が空いてボロボロだ。

（お姉ちゃん、震えてる。泣いてる……）

四季は泣いてない。しかし泣いているのだ。

それからしばらくして母親が部屋へと入ってきた。乱れた衣服に髪、そして紅潮した熱い肌。その顔は怒りに歪んでいた。

母親は幼い四季を叩きだした。『あなたさえいなければまだ楽だったのに！』と理不尽な理由で暴力を振るい続ける。幼い四季は弱々しい声で『お母さん……』と呟き続けた。

四季はもう何も考えられず、一切の感覚が麻痺していた。純一の目を覆っていた両手が垂れ下がる。純一は無言で眼前に繰り広げられている悲劇を見守るしかなかった。

どれ程続いただろうか？　不意に母親はとても申し訳なさそうな表情を浮かべ涙を流し『ごめんね……ごめんね……』と謝り続けた。ボロボロの幼い四季は何も感じていないように無表情だ。

（これが……四季お姉ちゃんの闇……。僕と似ているけど……こんなの酷すぎるよ）

何て声を掛ければ良いのか分からない。痛すぎる沈黙だけが続く。

「……純一君は、恵まれてるよ」

長い沈黙の後、四季は微かに震える声で言った。

「過去は変えられない。どんなに後悔しても、後悔しか出来ないから。後悔を糧に同じ過ちを繰り返さないようにするなんて、本当に身を引き裂かれる程後悔した事の無い人のセリフだよ」

「僕は……」

「……ごめん。妬むなんて、最低よね」

お互い不幸である事には変わりない。しかしまだどうにかなる立場にいる純一が羨ましくて仕方なかった。

「良いんだよ。僕は気にしない。よく分からないけど、多分それって普通なんだと思う」

「ありがとう」

優しさが辛い。本当は罵倒してほしかった。

（……違う。そうじゃない、そうじゃないんだ）

今更自分を罵ってもらって何になる？　自己卑下して自嘲して、他人から低評価を受けるだけで満足なのか？　自分はそんな浅い満足感を得る為に心の闇と向き合いに来たのか？

（苦しんでいるのは、私だけじゃない。私がこんな有様で、どうして明利を助けられるの？）

四季は頬を叩いた。突然の事に純一は身体をビクッと震わせた。

「父親が仕事の失敗で首になって、家で酒浸りの日々。憂さ晴らしなのかやり場のない怒りをぶつけるのか、私に暴力を振るう。母さんが身代わりになってくれたけど、その後で私に『いなければ良かった』と暴言を吐いて暴力を振るって、泣きながら謝る。それが、私の子供の時の思い出」

純一はとても身につまされた。

「お父さんとお母さんは、どうしたの？」

「……二人はもう死んだ。母さんは、生まれるはずだった妹を妊娠したまま死んだ」

「……どうして？」

「何もかもが、狂ったから」

（言えないよ。これだけは純一君に言えない。母さんがあいつを殺して、私を殺そうとした。でも私も限界だった。台所から包丁を持ち出して震えていた。そして母さんを刺し殺した。本当はあいつを殺すはずだったのに、母さんも限界だったんだ。

私の刺した包丁が、お腹の中にいた妹も刺し殺した。私は、一度に二人の人間を殺した）

　何もかもを他人に話せば良いという訳ではない。より深い深淵であればある程、その闇は陰惨で重いのだ。子供の純一には悪影響が過ぎる。受け止めきれないし、流石に知り合ったばかりの関係で語るのは憚られる。

　罪の十字架が重く圧し掛かる。断罪を下してほしいと心が叫ぶ。自らを罰しようとする自分を強い意志を持って抑え込む。

「私は、静かになった事を不審に思った近所の人が通報した警察に保護された。その後、児童養護施設に引き取られた。幼心に私は死んでしまった二人の分も生きると決めた。それが私の人生の目的。どれだけ職員の人に優しく接せられても、楽しい仲間に囲まれても心は死んだままだった。中学二年の時に明利と出会うまでは。

　しつこく、鬱陶しいぐらい明利は私に接してきた。初めは何も感じなかったけど、太陽みたいに明るい明利と過ごしている内に私は人としての感情と生きる喜びを取り戻していった」

　涙を流しつつも四季は嬉しそうに笑みを浮かべた。日陰で枯れていた花は太陽の光を浴びて蘇ったのだ。

「不思議……。こんなに真っ黒で死にたい気持ちで覆われているのに、明利の事を想うと力が湧いてくる。頑張ろうって気になる。明るい気持ちに包まれる」

「それは、明利お姉ちゃんが大切な人だからだよ」

それに異論の余地は無い。四季は力強く頷いた。

「明利は、私を人間に戻してくれた恩人であり、何よりも大切な親友。だから絶対に助けたい。

過去と向き合って、どうやって生きるのかはっきりとした答えは分からない。でもこれだけは分かる。人は誰しも心に傷を負っている。そして一人では生きていけない。心の傷は自分一人だけで抱えていたら自分をどんどん蝕んでいく。でもその傷を受け止めて、理解して、包み込んでくれる人がいるのならきっと大丈夫。前を向いて歩く事が出来る。

どうしてもっと早く気づかなかったんだろう？　お互い、傷を明かして支え合えれば、こんな事にはならなかったのに」

その理由はとっくに分かっている。プライバシー？　親しき仲にも礼儀あり？　それは体のいい言い訳だ。真実は心の傷を恐れていたに過ぎない。結局は傷から逃げて見て見ぬ振りをして必死に忘れようとしていただけだ。

トラウマは消えない。消えないのなら、忘れようと足掻くのではなくどう向き合っていくのかが大切だ。

（私は、過去を全部受け入れる。だって私は、一人じゃないから。たったそれだけの事で、過去と向き合う事が出来るんだ。

明利。あなたもきっと私と同じ。だから、私が支えてあげる。今行くから、待っていて

ね）

　震えは消えた。だが罪の十字架は消えない。犯した罪が消える事は決してない。罪に苛まれる事はこれからもあるだろう。しかし罪を恐れる事はもうないだろう。人は、身近にあればある程目の前の救いに気づかないのだ。気づきさえすれば、恐ろしい程簡単に救われる。立ち直るには、時間は掛かるだろうが。

　過去の光景が消えていく。鏡の洞窟へと戻ると自分達が無表情で立っていた。

『これからもずっと辛い事は起きるよ。それでも、戻るんだね？』

『救われた感覚はひと時。また過去は恐怖をもたらして私を苦しめる。逃れる事は一生できない。明利は心の支えになるかもしれない。でも簡単に裏切るかもしれない。

　本当に、明利を信じられるの？　本当に、過去と向き合って生きていけるの？』

「辛い事が起きるのは分かってる。僕には守らないといけない人がいるし……きちんと話し合わないといけない人もいる。

　どう生きるのかが正しいのか分からないけど、僕は戻る事に迷いは無いよ」

「これがひと時の決意なのは分かっている。でも私はもう過去を過去のものとして扱わずに向き合っていく。どれだけ時間を掛けても良い。大事なのは逃げずに向き合う事。

　明利は支えになるだけの人じゃない。大切な人、そして助けたい人。私がこう思えるようになったように、明利も助けたい。それに、あなたも私なら分かっているでしょう？

明利は決して人を、私を裏切るような人じゃない」

答えは出ている。決意を得た。もう迷いはない。恐れは消え、逃避する足は止まった。自分達の姿から色が抜けていきガラスへとなる。そして粉々に砕け散った。

「自分の闇に勝ったのかな？」

「これは……きっと問いかけでしょうね。人は図星を突かれる程嫌な事は無い。それが自分の悪いものや心の傷、トラウマなら尚の事。初めの私達みたいに否定する。場合によっては私達みたいに心の闇を見せつけてくる」

「もし、僕達みたいにならなかったらどうなるんだろう？」

「さあ。それは分からない」

自分自身の悪い面を素直に受け入れられる人の方が奇特だろう。

四季は笑みを浮かべて純一に笑いかけた。

「一人より二人。純一君が傍にいてくれて本当に心強かった」

「それは僕も同じだよ」

純一も笑みを浮かべた。

誰かが傍にいる。それだけで人は強くなれるのだ。

背後から物音が聞こえた。電車の扉が現れていて開いていた。

乗り込むとフィレモンがワンピースを着た少女の姿をして待っていた。

「己自身の闇を受け入れたね。君達ならそれが出来ると信じていたよ」

フィレモンは満足げに頷いた。

「もし君達が心の闇を受け入れなかったら鏡に取り込まれていた。そんな結末ではあんまりというものだ」

「そんな事はどうでも良い。私達は自らの闇を受け入れた。もう自分の闇を恐れない。明利を助けに行く」

「まだ、その時ではないよ」

フィレモンは首を横に振り、四季の目の前まで歩み寄ると四季の事をじっと見つめた。仮面の奥の瞳が心の中を見透かしているようだ。

「人は重圧と苦艱に苛まれながら自らの真実を目指す。自分の成すべき事、人生の目標、何を求めているのか、何を忘れてしまっているのか？　物事の真実へと辿り着くにはあらゆる障害が立ち塞がる。誘惑され道を踏み外す事もあるだろう。

だが真実は必ずしも真実を求める人にとって有益となるものではない。知らなければ、思い出さなければ良かったという事にもある」

「明利は、過去がフラッシュバックして闇に囚われたのね」

「それは一因に過ぎない。君も、彼女を追い詰めた要因の一つといえる」

四季は激しく狼狽えた。

(まさか、知らず知らずの内に傷つけていたの？)

自分が何をしたのか、いくら考えても思い当たる事を思い出せなかった。

「それは君達の問題であり、今この場にはさして関係のある事ではないがね。

君はまだ全てを思い出していない。過去の闇の、更に過去の記憶を負の記憶に潰されて忘れてしまっている。それを思い出さなければ心の深淵に耐えうる事は出来ない」

「私の更に過去？　どうすれば思い出せるの？」

「自らの脚で記憶を呼び覚ましたまえ。次の場所で君の真価が問われるよ」

そう告げるとフィレモンはかき消えた。

「私の……更に過去か……」

目を閉じてどれだけ記憶を掘り起こそうとしても、あの時から昔を思い出す事が出来なかった。

第十二話　記憶の歯車

電車から降りるとそこは沢山の歯車が回る機械仕掛けの建物の中だった。歯車は一定の間隔で規則正しく回っていて見ていると目が回ってくる。

全体的にアンティークな作りで、まるで遺跡を思わせる様相だ。オーパーツを生み出した古代文明の遺跡と言えばそれっぽい。

「凄いや。時計の中みたい」

物珍しそうに純一は視線を巡らせた。

「行こう。早く明利を助けないと」

「あ、はい！」

言いながら歩き出した四季の後を慌てて追いかける。

(四季お姉ちゃんの過去を、僕が知ってよかったのかな？　お姉ちゃんの知られたくない事だから、僕が知ったから嫌なんじゃないかな？)

知り合って僅かの関係だ。状況的に致し方なかったとはいえ秘め事を自分が知ってよかったのだろうか？　他人に言いふらすつもりなどさらさらないが、どうにも悪い事をした気になってしまう。

　何て声を掛けるべきなのか分からず、気まずい空気が二人の中に流れ出した時だった。

「気にしなくていい」

「えっ？」

「今更他人に知られたところで何とも思わない」

「えっと、その、絶対に誰にも言わないよ！」

「ありがとう。私も同じよ」

　四季はしゃがむと微笑を浮かべて純一の目を真っ直ぐ見つめた。

「いい？　心の闇は他人に打ち明けるととても心が軽くなる。今実感した。でもそれは本当に親しい人にだけにする事。毒を吐く相手は毒を受け止めてくれる相手じゃないと駄目」

「よく分からないけど、僕も本当に仲の良い人だけにするね。お姉ちゃん達みたいに」

　四季は満足げに、そして少し嬉しそうに頷いて純一の頭を撫でた。今までになく優しい雰囲気を身に纏っている。

「純一君は優しいね」

「そうかな？　四季お姉ちゃんの方が優しいよ」

「明利以外でそう言ってくれたのは純一君が初めて」

　二人の間に和やかな空気が流れた。気まずい空気は無くなっていた。

だが四季は無表情へと戻り、厳しめの口調で話しだす。

「人を殺せば、人は一生殺した人の命を背負って生きる事になる。それが悪人でも、不可抗力でも、正当防衛でも同じ。その罪は消えず、十字架を下ろす事も出来ない」

四季は力を込めて純一の肩を握る。自分と似た境遇の純一がかつての自分と重なって見える。もう二度とあんな事を繰り返したくない。四季は自分を救う意味も込めて純一を助けたかった。

「それって、どういう意味？」

「……深くは気にせず、言葉だけを受け取って。純一君と、凛ちゃん、お母さんの為にも明利を助けないと」

「明利お姉ちゃんが僕達を助けてくれるの？」

「色んな所に顔が広いから。コネは多い」

（児童相談所に教育委員会、市役所、行政、それに警察とも繋がりがあったはず。人助けをして得た人脈が人を助ける。明利にしか出来ない事なんだよ。明利を必要としている人は沢山いるから、私も色々手伝うから一緒に帰ろう）

心の中で明利に呼び掛けた。

「どうやら互いに言いたい事は言えたようだね」

何時の間にかフィレモンが現れていた。少女の姿からセピア色のローブを身に纏った女性の姿に変わっている。遺跡とも言える場所なだけあって女神とでも形容できそうだ。

「付いてきたまえ。君の記憶へと案内しよう」

　歯車は休む事なく動き続けている。だがいくつかの歯車は動きを止めている。更にひび割れて砕けてしまっている歯車もある。

「直さないんですか？」

「直せない。記憶の歯車は意識を失えば動きを止め、その人が死ねば砕けてしまう。砕けた歯車の代わりは新たに生まれた命の歯車で補われる」

「つまり、ここは記憶の蓄積場。忘れても記憶は消えない。でも、死ねば全てが消える」

「本来であればここは君達迷い人が立ち入る事は許されない区域だ。他者の記憶を改竄、破壊される恐れがあるからね。しかし、今回は君の記憶を再生させるという特例で君達の立ち入りが許可された。

　好奇心は結構だが決して歯車には触らないように。ルールを犯せば君達は精神の怒りに触れどうなるか、私にも予想はつかないからね」

「死ぬより恐ろしい事になるのは分かる」

　精神に呑み込まれて発狂するか、廃人になるか。そんな安易な予想が当たればむしろ幸福なのだろう。

　しばらくフィレモンの後を付いていき、ある歯車の前で止まった。

「これが君の記憶の歯車だ」

「見た目は全く変わらない。見分けがつかない」

「前に言った事が起きなければ歯車に変化はない。通常はね」

フィレモンの視線の先にはどす黒く変色した歯車があった。問題なく回っているように見えるが、今にも砕けてしまいそうなぐらい脆そうに見える。

「あれが、明利の歯車」

「彼女は強い。精神の深淵に囚われてもまだ耐えている。だが時間は余りない」

「早く助けよう！　フィレモンさん急いで！」

「急いては事を仕損じる。彼女を助けるには忘却の記憶を取り戻す必要がある。少し待ちなさい」

フィレモンが歯車に触れると動きが止まり、高速で逆回転をし始めた。自分の記憶だから四季は頭の中が攪拌されている感覚を感じた。

歯車の動きが遅くなっていき、フィレモンは微調整をしながらある位置で歯車を止めた。

「ここだ。これに触れれば、君は全てを思い出す」

「分かった」

「君はここで待っていなさい。記憶の歯車に他者が介入する事は許されない」

「分かりました。四季お姉ちゃん、頑張って！」

純一の応援を背中で受けて身体に熱が灯った。どんな記憶であっても受け入れる。そう心構えを決めて、四季は歯車に触れた。

第十三話　忘却の記憶

歯車に触れたとたん物凄い勢いで身体が引っ張られた。まるで四肢と身体に紐を結び付けられて車で引っ張られているぐらいの勢いだ。

歯を食い縛って耐えていると暖かい風が吹いてきた。明るい光に照らされて目が眩む。光に目が慣れて瞼を開くと、そこは桜並木が広がっていた。

淡いピンク色の花を満開に咲かせた桜の木が所狭しと生えている。地面は舞い落ちた桜の花びらで埋め尽くされてほとんどがピンク色に染まっていた。

「凄い……。こんなに沢山の桜の木が生えているのなんて見た事がない」

そう、見た事がない。桜の木など春先に学校の傍で花を咲かせているのを見るだけだ。だが見た事がない景色のはずなのに、まるで見た事があるかのようにこの場所に馴染んでいる自分がいる。

懐かしく。そしているだけで楽しい気分になってくる。桜並木を見ただけでここまでウキウキとした気持ちになるのは初めてだ。

「こんな場所で花見をしたらさぞ楽しくて綺麗なんだろうな。

明利を助けたら二人で花見をするのも悪くない。人混みは苦手だけど、明利と一緒なら大丈夫。苦手克服の為の訓練と思えばいい」

桜並木を歩いていると、ある桜の木の下でブルーシートが敷かれていた。今さっきまで誰かがいたように豪勢な料理が置かれてあり、見ているだけで涎が出てくる。

四季の脚は自然とブルーシートの方に向かっていた。決して料理に誘われたからではない。あのブルーシートを見た時に心の奥底が引き絞られる感覚に襲われた。自分の中に埋もれていた何かが出てこようとしている。それが身体をブルーシートへと誘った。

周囲には誰もいない。しかし、人がいた残滓を感じる。フライドチキンにピザにお寿司などの料理を取る為の皿が三つ。二つは大きく、一つは小さい。

頭に小さな痛みが走る。若干の眩暈を感じて四季はブルーシートに手をついた。

「……そうだ。私は、この桜並木で両親と花見をした」

あの時より、更に幼い時の記憶が蘇る。

無邪気に笑いながら走り回る自分。それを微笑みながら見守る母親に一緒になって走り回る父親。まだおぼろげではあるが、確かにあった。忘れていた子供時代の幸せの記憶が。

(何で忘れていたのか、何となく分かる。昔は……父さんも大らかで頼れる存在だった。それがあんな風に変わって、私は信じていたものに裏切られた。幼い記憶は曇りガラス、心に刻み込まれたトラウマが過去を塗り潰した)

不幸や苦艱は記憶に深く刻み込まれる。苦痛程心に刻み込まれる出来事はないからだ。幸福は一瞬の甘美であり、不幸は喉に残る苦みである。子供の時は物事に影響を受ける最も多感な年頃だ。過去を塗り潰すのも止むを得ない。

四季は立ち上がって桜並木を更に進み始めた。まだ終わりではない。記憶は完全には戻っていない。この先に、記憶を呼び覚ます別の何かがあるはずだ。

歩いている内に瞬く間に夜になった。気温も上がり現実と変わりない夏の気候となる。桜並木は瑞々しい緑の葉へと姿を変えた。じめじめとした湿気が妙に懐かしく思える。

（ここに来てどれぐらい経ったんだろう？　まだ一日は過ぎてないと思うけど）

時間にすれば数時間と言ったところだろう。しかし余りにも濃密な時を過ごしたから体感的にはそれ以上の時間が経っている気がする。

ならされただけの地面から石畳へと道が変わっていた。大きな山が姿を現し石段がずっと上まで続いている。灯篭には明かりが灯り、紐で吊るされた提灯は蛍の様に淡く光っている。微かだが石段の上から太鼓の音が聞こえてくる。季節が夏なら、夏祭りでもやっているのだろう。

（ここを上るのか。こんな長い石段を上ってまでやる祭りなの？　それとも、これは私の記憶が過去を消した影響なの？）

無意識の内に思い出す事を拒絶しているのだろうか？　決して嫌な記憶ではない。だが幸福な記憶であればこそ、耐えられない事もある。

一歩ずつ石段を上りだした。運動は余りしないし体力がある方ではない。修行僧が上るような石段など本来なら絶対に上らないか別ルートを選択していただろう。

それでも根性で上り続け、半分まで来た所で休憩を取る事にした。

桜並木は森へと変わっており、その先に田舎の風景が広がっている。青々と生い茂る稲に夜でも響く蝉の鳴き声。一昔前の家が点々と立ち並び、情緒溢れる佇まいがこの上なく魅力的だった。

（悪くない。こんな自然が豊かで静かな場所で暮らしたい）

将来の理想を思い浮かべながら四季はのどかな風景を懐かしむように眺めていた。

（私は、ここを知っている。来た事がある。ずっと昔に）

ヘドロの闇に埋もれていた記憶が掘り起こされてきた。あと少しで全てが引き上げられる。（早く思い出したい）今までになくそう強く願い石段を上がりだした。

心なしか階段が短くなっている気がする。初めの半分に比べてあっという間に上まで上り切る事が出来た。

かき氷、焼き鳥、金魚すくい、射的、お面屋など夏祭り定番の屋台が煌びやかな明かりを放ち強い自己主張を放ちながら並んでいる。祭りの雰囲気に呑まれればフラフラと吸い込まれてしまいそうになる。

人のざわめきや笑い声が何処からか聞こえてくるが、四季の視界には誰もいない。声だけを残して祭りに来た人が神隠しにあったかのようだ。

(祭りか……。明利に誘われて行く事はあったけど、それより前には行った事が無いな。……忘れているだけか)

自発的に賑やかな場所に行く事はしない。人殺しの自分は楽しむ事などしてはいけない。一人でいる時、楽しむ事を決して楽しまないように何時の間にか心掛けていた。

石畳を真っ直ぐ進むと神社があった。手入れが行き届いているが歴史を感じさせる赴きある様相をしている。改築や改装などはしていないのだろう。

頭にチクリと痛みが走る。四季の記憶に幼い時の自分の姿が現れてこの神社の周りを走り回っている。そんな自分を見守る慈母の微笑みを浮かべた老婆がいる。

(……そうだ。ここはおばあちゃんの暮らしていた田舎だ。まだ三歳か四歳頃何度かここに来て遊んでいた。

でもおばあちゃんはお父さんが首になって程なくして亡くなった。お父さんはとても悲しんでいた。それからだ、お父さんがおかしくなっていったのは)

同情する気は全くない。可哀そうとも思わない。ただ、何か辛い目にあって変わってしまったのだろうか？　と考えてしまう。

神社の階段に腰を下ろして祭りの様子を眺めながら物思いに耽った。

(あの時より更に過去に、両親と過ごした幸せな日々があった事を忘れていた。でも、これで思い出したからもういいんじゃないの？)

明利を早く助けに行きたくて四季は落ち着かない様子で貧乏ゆすりをする。何時フィレモンが迎えにに来てくれるのかとソワソワして周囲を見渡していると、屋台の真ん中を浴衣姿で歩く三人連れの家族が目に入った。

紺色の浴衣を着ているのが父親で、淡い紅色の浴衣を着ているのが母親だろうか？　父親は子供のキャラクターがプリントされた浴衣を着た子供を背負っている。

手や足ははっきり見えるのに、顔だけは靄がかかったようにぼやけて見える。

親子の会話が聞こえてくる。距離は離れていたがその声ははっきりと四季に届いた。

『あらあら、四季ったら寝ちゃったわよ』

『散々はしゃいで遊んでたからな。それに普段ならもう寝る時間だ。無理もない』

『また来年も来たいわね。その頃には四季も五歳になって少しは大人しくなるかしら？』

『無理だろう。まだまだ多感な年頃だ。あと数年は親が目を光らせてないと駄目だろうな』

『そうかしら？　私は四季が大人しくて頭の良い子になると思っているけど？』

『おいおいこんなやんちゃな子が大人しくなるって言うのか？　俺はとてもそう思えないけど、何か根拠はあるのか？』

『勘よ。でも、本当にそういう気がするの』

『……そうだな。子供がどうなるのかなんて、親にも分からないもんな。俺達は四季が真っ当に生きられるように愛情込めて接してあげないとな』

『四季……四季。本当に良い名前よね。季節の移り変わりが人の一生を表しているんだもの。初めは抵抗感があったけど、こうしてみればあなたの言った名前にして良かったって思えるわ』

『俺は四季の、季節の移り変わりが好きなんだ。春夏秋冬の変化は、生きているって気がしてな。人の一生みたいに、色んな事があって季節は移り替わってゆく。

　俺はこの子に人生を味わって生きてほしいんだ。人生の四季は一回しかないから色んな事を経験して、それを楽しんでほしい。苦も楽も一度しかないんだからな』

『私は、幸せに生きてくれればそれでいいわ。自分の幸せを見つけて、自分の幸せを叶えてくれれば充分よ』

　母親は子供の頭を優しく撫でた。家族はそのまま歩き去っていく。

(今の、今のって)

　四季は駆け出すが三人の姿は石段を下りると共に消えてしまった。四季は石段の下をじっと見つめ続けた。やがて、その場に膝をついて泣き出した。

(そうだった。私はあの時、祭りが楽しくて、興奮して、遊んで、夢みたいな時間を過ごして疲れ切って神社の境内で寝たんだ。お父さんが私を背負ってくれて、少しだけ目を覚ましたんだ。

　私の名前……お父さんが与えてくれた事を忘れてた。そうだよね。本当は優しくて頼りがいのあるお父さんだったもんね。初めからあんなんじゃなかった。

　……温かいなあ、愛情って。どんな事があっても生きていける励みと支えになってくれ

る。私はお父さんから、お母さんから、そして明利から受け取った愛情がある）

温かい涙は止まらなかったが、四季は立ち上がった。とても爽やかな吹っ切れた顔だ。こんなに晴れ晴れとした気持ちは初めてだった。

四季は自分の記憶を見渡した。最後にしっかりと目に焼き付けて記憶に焼け付きたかった。

（人は一人では生きていけない。私にそう教えてくれた明利が苦しんでいる。でも私は明利の闇を知らない。明利も私の闇を知らない。お互いに傷に触れてはいけないと思っていた。

でも今は違うと分かる。心の傷は身体の傷とは訳が違う。自己治癒なんて出来ない。一人で抱えていればいる程傷跡は深く心に突き刺さっていく。受け止めてくれる相手に吐き出さないと駄目なんだ。

明利の全てを受け入れる。そして優しく抱き締めてあげよう）

過去の記憶の世界がぼやけて消えていく。思い出に浸る夢の時間は終わりだ。愛情の大きな力を得た後は、親友を救いにいくだけだ。

第十四話　奈落の澱

気が付いたら四季は歯車の通路に戻ってきていた。僅かに呆然としていると純一が抱きついてきた。

「四季お姉ちゃん！　大丈夫だった!?」

ずっと心配してくれてたのだろうか？　そう思うと申し訳ないという気持ちと共にとても嬉しいと舞い上がってしまう気持ちにもなる。

「なんて事はない。ただ、自分の記憶を追体験しただけだから」

柔らかな笑みで純一の頭を撫でた。

「君は心の強さを手に入れた。今ならば心の深淵にも耐えられるだろう」

「集合無意識の底の澱は、想像を絶する程負の念に包まれているんでしょう？」

「そうだ。人は見たくないものを心の底に仕舞って蓋を閉めたままにする。そこから臭いが漏れても決して蓋を開けないように心掛ける。

ここは無意識化で繋がった人の精神世界。底に進めば進む程、人の負の感情に覆われた醜悪かつ醜く、そして怨嗟の慟哭と嘆きの叫びを上げる心が姿を現す。

はっきり言うが、私は君達が生きて戻ってこられるとは考えていない。だが不可能は存在しない。糸すら通らない僅かな可能性、君達がそれを見せてくれる事を期待してるよ」

心なしか、フィレモンの手が汗ばんでいる。機械の様に淡々としているフィレモンが初めて見せた感情表現。四季は仮面の奥の瞳を真っ直ぐと見つめた。

「出来る、出来ないかじゃない。自分が正しいと信じる事をただ悔いのないようにやり切るだけ。人生って、そういうものだから」

今までは殺してしまった母親と妹の分も生きる事だけを糧に生きてきた。自分は幸せになる権利はない。夢を望む資格などないと決めつけていた。

でも今は違う。幸せを望んだ父親と母親、生まれる事さえ出来なかった妹の分も幸せに生きようと思っている。ただ灰色の日々を過ごして生きるだけでは死んでいるも同じだ。

フィレモンは小さく笑った。何処か嬉しそうだ。

「そうだ。それでいい。数多の人の一生を見てきたからこそ、君の生き方は一つの正しい道と言える。

心の深淵には彼女の歯車に触れればいい。そうすれば彼女へと続く深淵の道へ行ける。ただ、進むだけだ。己を失ってはいけないよ。

君達が彼女を助けたのなら、世界が君達を救い上げる。だから帰り道の心配はないよ」

二人は明利の歯車の前に立った。二人に躊躇いも迷いもないが、最後の気掛かりが四季にはあった。

「純一君。あなたには現実に戻って助けないといけない人がいる。それなのに、危険を冒してまで本当に明利を助けに行くの？」

「もしここで明利お姉ちゃんを見捨てたら、僕は一生人を助ける事が出来なくなると思うんだ。母さんと妹も助ける事が出来なくなる、そんな気がする。

それに、四季お姉ちゃん言ってたよね。僕達を明利お姉ちゃんが助けてくれるって。なら僕は明利お姉ちゃんを助けに行かないといけないんだ。それに、助けてもらったから今度は僕が助ける番なんだ」

純一は躊躇いも恐怖も無く告げた。恩義がある、自分達の為であったとしても虎が待ち構える穴に入り込むのは容易い事ではない。現実を知らず、怖いもの知らずの無謀な行いかもしれない。しかしその勇気と行動は容易く真似できるものではない。

「余計な心配だった。なら、行こう」

「うん」

二人はしっかりと手を繋ぎ黒ずんだ歯車に手を触れた。

＊

気が付いたら二人は薄闇の中にいた。何処に光源があるのか闇の中なのに視界が定まっている。月明かりとはとても言えない。消えかかった懐中電灯の様な明かりだ。

目の前に二人を覆いつくそうと立ちはだかっているのは朽ち果てた巨大な廃墟だ。かつては栄華を誇ったのか見上げる程巨大で朽ちてなおその威容は衰えていない。どの様な施設だったのは分からない。蜂の巣の様に沢山の窓が付けられていて元々の建物の上に増設をしていったのか歪な様相と化している。

だが長い雨風に晒されて外壁は風化して窓の大半は割れている。それでも過去の姿を保ち続けている姿は死んでも死にきれないゾンビの様だ。昼間であっても不気味だろうが今みたいな悍ましい闇の中ではまるでいわくつきの立入禁止区域だ。下手な墓場や廃寺より恐ろしい。

「ここが精神の深淵。負の澱」

息が苦しく呼吸が荒くなる。喉に埃でも詰まっているみたいだ。

「怖い……。けど、行こうよ。明利お姉ちゃんが待ってる」

顔には出さなくても純一の手は震えていた。四季は強く握り返し廃墟の中へと入って行った。

真っ暗な廊下が続いているが二人の周囲は仄かに明るかった。光源など無いのに前が見える事を訝しむも今は気にせず前に進む。

廊下を歩いていると何か虫の羽音が聞こえてきた。蚊の羽音ではなく蜂の羽音を思わせる音だ。その音が段々と二人に近づいてきている。

「何か、来る。気を付けて」

目を凝らして前を見据え身構えていると、闇の中から突然黒い塊が飛び出してきて二人を覆いつくした。

それは蝿の群れだった。汚物に群がるはずの蝿が何故か二人に纏わりついてくる。袖や裾、襟から服の中に入り込んでくる。耳や鼻の中にも侵入し、口の中にも入ろうと身体を押し込んでくる。どれだけ蝿をはたいても離れる気配すらない。

「逃げるよ！」

蝿が口の中に入るのも構わず四季は叫び純一の手を握って全速力で駆け出した。口から蝿を吐き出して頭も振るって蝿を払う。

暗闇の中を走っていると何かに脚を摑まれた。純一が支えてくれなかったら転んでいた。

闇の中から黒い手が伸びている。それも数え切れない程無数に。摑まれた四季の脚がどんどん黒ずんでいく。

脚を払って手から逃れた。摑む力自体は弱いらしいが、亡者の様に手は蠢いて二人を摑もうと少しずつにじり寄ってくる。摑まれたら亡者の仲間入りをするのだろうか？

摑もうとしてくる手から逃れつつ二人はがむしゃらに走った。

闇の通路を抜けるとそこは青白い光に照らされている牢獄だった。地面を這う黒い手は既に見えなくなっていた。

二人は衣服を脱いで中に入り込んでいた蝿を追い出して念入りに衣服をはたいた。四季だけはコートを脱いでも上着は脱がなかった。純一は服を着る気にはなれなかったが下着姿で動く訳にもいかない。

服を着ようとしたその時、皮膚の内側から何かが蠢く感覚があり途端に全身に刺すような痛みが走った。さっきまで何もなかった皮膚の所々が赤く腫れあがっていく。

「痛い！　なにこれ!?」

「まさかこれ……!?」

四季の察した通りだった。赤く腫れあがったところから皮膚を食い破ってウジ虫が這い出てきた。ウジ虫は地面に落ちるとそのまま闇の中へと消えていった。

全身から血が流れ出ているが、程なく全ての傷が治り血の跡も残さず消えた。

だから良かったなんて事はない。全身から血の気が一気に失せて二人とも真っ青になる。全身に虫が這いまわるような錯覚に襲われて爪を立てて身体を掻き毟ってしまう。

（落ち着け………。落ち着け……！）

四季は額を地面に叩きつけてその痛みで錯覚を打ち払った。未だに身体を掻き毟っている純一の頬を力一杯叩いて正気に戻させる。

「今の……今のって……」

頬を殴られた痛みよりも今の衝撃の方が遥かに強かった。

「何も考えないで。わかった？」

四季は純一の目を物凄く間近で睨みつけた。四季の額から血が流れている事に気づき純一は何も言わずに服を着始めた。

（ウマバエ？　私もよくは知らないけど……）

四季は頭を振って考えるのをやめた。常識など通用しないのだ。

先程の出来事で気が動転していたから気が付かなかったが、牢獄全体から吐き気を催す糞便の臭いと鼻に突き刺さる程強烈なアンモニア臭が漂っている。とてもではないが息が出来たものではない。純一は何度も咳き込み涙目になっている。四季も顔を歪め口と鼻を手で覆っている。

牢獄の中には真っ黒な人が収監されていた。太っている人もいれば病的なまでに痩せている人もいる。全員瘧に掛かったように震えていた。

「この人達は、何で入ってるの？」

「……怖いから」

それ以上四季は言わなかった。純一にはまだ早すぎる。

通路の奥から地鳴りの様な足音が聞こえてくる。階段を上って身を隠し柵の隙間から様子を窺う。

現れたのは太った体型の作業着の男だった。顔には麻袋を被っており、どういう構造になっているのか内側から釘が何本も飛び出していた。僅かに露出した肌は浅黒く、顔は見えなくとも威圧的な雰囲気は肌に伝わってきた。

牢獄の中にいる人達は更に激しく震えだし、中には気狂いの様に金切り声を上げ牢獄の中を暴れ回っている人もいる。作業着の男は時折牢獄の鉄格子を殴りつけ奥で震えている人をじっと見つめていた。よく見ると肩がわなわなと震えている。如何なる訳か怒っているのだ。

作業着の男が見えなくなってから牢獄を小走りで通り抜けた。

「大丈夫?」

「平気だよ。四季お姉ちゃんこそ大丈夫?」

「平気」

互いに気遣いながら深淵の世界を進んで行く。一人じゃない心強さが安心感と勇気をもたらしてくれる。

牢獄を抜けるとそこは大きな広間だ。デパートにあるようなマネキン人形が等間隔で置かれている。ざっと見ただけでその数は百を超えている。

マネキンには鋭利な刃物で切って突き刺したような傷跡があり、そこから流れるはずがない赤い血が流れ落ちていた。血は床に溜まる事は無く傍の排水溝に流れていく。まるで、汚水の様に。

「生きてる?」

四季はいくつかのマネキンに触れてみるが、どれもただの人形だった。

マネキンの間を歩いていると、視界の前方を何かが通り過ぎていった。(何かがいる)

そう気づいた時純一に身体を押し倒された。さっきまで自分がいた場所を光る何かが切り裂いた。

背後にいたのは宙に浮く大きな口だ。両端が大きく吊り上がっており歪な笑みを浮かべている。その口が開いて鋭利な剃刀が覗いている。念入りに研がれているのか薄暗い中でも鈍く光っている。

口は倒れた二人を見て両端が更に吊り上がった。耳障りな声を上げると周囲から嫌な気配が一斉にこちらに向かってくるのを感じる。

「走って！」

「分かってる！」

左右前後から口が剃刀を出して嬉々として切り刻もうと二人を追ってくる。マネキンの間をジグザグに駆け回り口に追いつかれないように逃げるが、薄暗く視界がはっきりしないのが災いして壁際に追い詰められてしまった。

剃刀をカタカタ鳴らしながら二人ににじり寄ってくる。四季は純一を守るように抱き締めた。口が一斉に剃刀を四季に振り下ろす。

(本当に使えねえなぁ！)

(生きてる意味あんの？)

(死んでいいよ)

(くだらねぇ夢)

(お前みたいな奴いてもいなくてもどうでもいいんだよ)

(気持ちわりぃ、こっち見んな)

(触るな穢れる)

(何も出来ないなら何もするな。邪魔になる)

(お前って生きてて迷惑しか掛けないよな)

(ゴミなんだから奴隷として扱われているだけありがたいと思えよな)

(息が臭いから学校に来るな)

(役立たず)

(屑)

身体を切り刻まれると同時に心に響く罵詈雑言と誹謗中傷。精神を追い詰め壊そうと剃刀は振るわれ続ける。

言葉の暴力。それは怒りと悪意から生まれるもの。真に恐ろしいのは怒りも悪意も無い無意識の言葉である。言葉とは、最も身近に存在する凶器にして毒。それは少しずつ人を傷つけていき最後には死へと追いやる。

誰も言葉の恐ろしさ、危険性には気づかない。身近だからこそ気づけない。毎日使っているから危ないものだと意識しない。だから人を追い詰め苦しめ傷つけ狂わせ殺してしまう。

だが四季は心穏やかだった。そんな他人が勝手に喚きたてる暴言などなんら痛くはない。今の四季には強い心の支えと絶対に成し遂げる目的がある。ちょっとやそっとの事では折れはしない。

何時の間にか振り下ろされる剃刀の音が消えていた。顔を上げて周囲を見ると唇が忽然と姿を消していた。

「もう大丈夫みたい」

「大丈夫じゃないよ！　怪我したんじゃん！」

純一は四季の背中に回るが、僅かに呆然としてしまった。

「何ともない……？」

「あれは身体じゃなくて心に振り下ろされてた。常人なら耐えがたい苦痛。でも今の私には効かない。普通に切り刻まれる方が危なかった」

「……そっか。守ってくれている人がいるんだね」

何も言わずに笑みだけ浮かべた。自分を包み込む三人の温もりを感じる。

『……君達。ありがとう』

闇の中に突然声が聞こえて純一は身構えたが、四季は冷静だった。

「誰？　何処にいるの？」

『目の前にいる。……マネキンだよ』

手近なマネキンに近寄ると剃刀で付けられた切り傷と流れ出る血が消えていた。

『奴らを消してくれて、ありがとう』

口を動かさず、二人の頭の中に声が響いた。

「私は何もしていない」

『君の身体から温かな光が放たれて奴らは消えた。すごいね……。生ごみの廃棄場みたいな場所で、君はこんなにも強く自分を保ってる』

「私一人の力じゃない。純一君が一緒にいるから」

自分を頼りにしている言葉に純一は嬉しそうだ。

「そして、心の支えがあるから」

『……羨ましいよ。本当に。私にも君みたいな強さや人があれば、こんな事にはならなかった』

「……人だったの？」

『心だよ。私も現実で奴らと同じような目にあっていてね。ある時精神的に限界を迎えて気を失った時、私はここでマネキンになっていた。現実の私は廃人になっているだろう』

ここに置かれているマネキン全部が傷つき壊れた人の心。追い詰められた末にまた同じ苦しみを味わい続ける。死にたくても死ねない、まさに地獄だ。

『君達は……何をしにここへ来たんだ？　とても私と同じには見えないが』

「親友を助けに来た。何か知らない？」

マネキンはしばらく黙った。

『そう言えばさっき、黒い塊がここを通っていったよ。すすり泣く声も聞こえた気がしたけど……』

「明利。この先に行ったの？」

マネキンではなく道の先にいる明利に向けて言った。

『もしあれが君の親友なら、急いだ方が良い。絶望と無の念を纏っていた。放っておいたら自分の存在を無くしてしまうよ』

「分かった。ありがとう」

『君のお陰で少しは明るい気持ちになれたよ。気を付けてね』

マネキンに一礼して二人は広間の中央の道を真っ直ぐ進んで駆け抜けた。

「明利お姉ちゃんは強いからきっと大丈夫だよ」

「私もそう信じてる。でも人には必ず心の弱さ、脆さがある。少しでもそれを突かれれば人は簡単に心を壊す。今の明利はその状態。負に傾けばそこから抜け出すのは難しい。だから急いで助けよう」

もしかしたらと四季は思った。平時あんなに明るくて朗らかなのは必死に自分の闇から目を逸らそうとしていたのではないか？　だからこそより一層辛くなるのだ。

（私がもっと早く気づいてれば……）

後悔しても意味はない。今出来る事をするだけだ。

硬質な床から木の床に変わりギシギシと音がする。前方に老朽化した吊り橋が架かっていて今にも崩れそうになっている。如何なる訳か吊り橋にスポットライトの様な明かりが照らされていた。

四季は手で強く押して軽くジャンプしてみた。劣化してはいるが一定の耐久性は残している。

「突然抜けるなんて事は無いよね？」

「そうならない事を祈ろう」

慎重にゆっくりと橋を渡り出した。ライトに照らされている所まで着くと突然左右から赤い光が発せられた。

壁に無数の瞳が埋め込まれており。血走った目が二人を凝視してくる。

その視線は釘の如く鋭く、氷の如く冷えたものだった。侮蔑、軽蔑、差別、蔑視などの感情が込められた徹頭徹尾相手を見下した視線だ。

身体の内側から冷えていくのを感じる。視線から逃れるように身を丸めると背中に鋭い針が突き刺される痛みが走る。

(視線恐怖症……。この痛みは思い込みだ……)

四季は何も考えないように息を止めた。思考は不安を招く。歯を食い縛って耐えている
純一の手を引っ張って橋を駆け出す。

橋を渡り切り二人は荒い呼吸をした。特に四季は無呼吸運動で意識を失いかけ光から抜けると共に両手両膝をついた。倒れ伏したくはなかった。

橋を渡ると共に赤い光は消えた。

「あの赤い光、一体何なの？」

「言葉で人を殺せるように……視線でも人を殺せる……。目は言葉以上に語る」

「見られるのが嫌なの？」

「注目は……毒にも薬にもなる」

しばらく休息をとってから二人は先へ進みだした。

橋の先には扉があり、開けると外に出た。外では真っ黒い墨汁の様な雨が降っており、空には大気汚染の極みとでもいうようなどす黒い雲が覆っている。そんなはずはないが、雨に濡れていると体調が悪くなりそうだ。

「四季お姉ちゃん……上……」

純一に促されて四季は上を見上げた。空を覆いつくす黒い雲。しかしよくよく見ると雲には隙間なく瞳が付いておりとめどなく黒い涙を流し続けていた。

雨に濡れても身体は濡れない。雨は衣服をすり抜けて身体に沁み込んでくる。

恐怖も、不安も、絶望も、悲観も、嫌悪も、怒りも、何も感じない。この空と同様に心に黒い雲が掛かったように何も考えられない、何も感じない。ただただ虚無だ。

唯一見えるのは何処からともなく吊り下がってくる首吊りロープ。違和感は抱かない。そこにあるのが当然であるみたいに、自然と受け入れて脚が向かっていく。

視界も、思考も、何も見えない、考えられない。唯一分かるのは、互いの手の感触と温もりだけ。その繋がった手が、二人を甘美な誘いから遠ざけた。

機械的に二人の脚は動き前へ進んでいく。その脇を、幾つもの首吊りロープが寂し気に見送っていた。

第十五話　本心

二人が気が付いた時、そこは何処かの家の前だった。一瞬気が抜けた二人は全身から力が抜けて倒れ掛かる。

「上を見上げてからの記憶が無い……」

感覚を取り戻したばかりの心は上手く動かず純一は呆けている。

「それはどうでもいい。それよりも……着いたみたい」

二人はくすんだ二階建ての家の前に立っていた。庭にはごみ袋が積み重なっていて湿った腐臭が充満している。リビングの窓は割られていてガムテープで貼られた段ボールで補修してある。

決して口には出さないが、純一はテレビで見たことのあるゴミ屋敷だと思った。

「ここが、明利の家……」

見た目がそうだからではない。この家自体から他人を拒絶する意思を放たれている。これ程までに問題を抱えているのに、これがもし現実にあったらきっと自分は無視していた。

「お姉ちゃん！　いるの!?　明利お姉ちゃん！」

純一が声を張り上げて叫ぶが何の反応もない。

「殻の外から叫んでも中には響かない。中に入らないと聞こえない」

ドアノブには錆が広がっていた。捻ると悲鳴の様な金属の音がして玄関が開いた。

純一は思わず咳き込んだ。カビや埃が目に見える程濃く空気中に漂っている。こんな場所にいたら肺を悪くして喘息で死んでしまいそうだ。

玄関にはハイヒールやパンプスがごみの様に散らばっており、その中に子供の靴も混ざっているが、カビ塗れだ。玄関から台所までの廊下にも大小様々なゴミ袋が散乱している。壁にはハンマーで殴りつけたような穴やへこみが幾つもある。

「靴のまま上がらせてもらう」

「お邪魔します……」

脚の踏み場もないように見えるが、人一人が歩ける道が設けられている。周りは廃屋の如く荒れているのにそこだけは生きた家を保っていた。

台所の机の上にはビールの空き缶と空になった酒瓶が数え切れない程置かれていた。それでも人一人が食事できるスペースは確保されており、そのスペースと椅子はこの場所には似つかわしくない程綺麗だ。

流し台には水が溜まっているが腐ってはいない。中には小奇麗な食器が沈んでいて洗剤の泡が漂っている。一方食器棚は扉が叩き壊されており砕け散った食器が床に散乱して歩く度に金属の擦れる音がする。

冷蔵庫の中には酒類が隙間なく詰まっていた。冷凍庫にのみ冷凍食品が入っている。

リビングだけは荒れてはいても一定の生活感と清潔感は保たれていた。誰かが使用しているのか薄汚れた布団が敷かれてあった。

「あの頃の私の家よりも、ある意味ではもっと酷い」

「下には誰もいないからきっと上にいるよ」

（現実に近い一階より、二階の方が安心か。私の家には二階は無かったけど、もしあったらそうしてた）

ごみの置かれた階段を上がり二階へと上がる。三つの部屋があり一つは物置兼クローゼットだ。山積みにされた衣服と物が部屋を埋め尽くしていてゴミ置き場の様な有様だ。

隣の部屋はツインのベッドが置かれた寝室だった。そのベッドの中に誰かが寝ている。まるで獣の様な唸り声を上げており、相当機嫌が悪い事が察せられる。四季は静かに扉を閉めた。

最後の、廊下の先にある部屋。扉にはヒビにへこみが出来ておりドアノブは取っ手がへし折れていた。ドアノブを握って扉を開けると、明利がベッドの上に座ってすすり泣いていた。

小さい。これが大きくて頼りがいのある明利とは思えなかった。今にも砕けてしまいそうなぐらい脆く見える。

「明利。迎えに来たよ」

四季が歩み寄ろうとすると明利は顔を上げずに擦れた声を発した。

「あたしは本当に必要とされてない……」

「必要？」

「必要とされたかった……。頼りにされたかった……」

「明利は色んな人に必要とされている。頼りにもされている」

「そんなのは嫌……。だって、ずっと必要としてくれない。その時だけ求められるのは虚しいだけなの」

「私には明利が必要。ずっとずっと、一緒にいてほしい」

それは嘘偽りのない本音だった。だが今の明利に言葉は響かなかった。

「……四季は、強いよ。あたしなんかいなくても一人で生きていける」

それは虚ろな声だった。

「そんな事ない。一人で生きていける程、私は強くない」

「でもあたしは必要ない。四季は弱くなかった。あの桃源郷であたしは四季の強さを知ったよ。

あんなに前向きだったなんて、知らなかった。あんなに強い意志を持っているなんて知らなかった。

ここに来て分かったよ。四季は……もうあたしを必要としてないって。結局あたしは誰からも本当に必要とされてないんだって……」

（必要とされたい、求められたい。これが、明利の闇）

　人の価値はその人が決める。勉学、努力、労働、献身、道楽などあらゆるジャンルの中から自らの価値を得られるものを見つけ出し従事する。

　ただし、人の価値は一つだけではない。人は大なり小なり自らの価値が見いだせる物事を複数持っている。もしも自らの価値が得られるものが一つだけの場合、それを失った時の喪失感は計り知れない。ましてやそれが自らの闇に機縁しているのなら価値を失った人に残っているのは拭い去れない闇だけだ。

「ここはね、あたしの家だったの……。見てきたんでしょ？　酷いよね。ず〜っと、あたしが暮らしていた頃はこうだったんだよ。

　子供の頃からずっとあたしが家の事をしてきた。掃除も、洗濯も、料理も。でも小さな子供が出来る事なんてたかが知れてるでしょ？　だから家の中はずっとゴミ屋敷だった」

　子供部屋の中にはゴミ袋が積み重なっていた。その量は他の部屋とは段違いで極力この部屋に詰め込もうとしたのが分かる。子供が生活していい環境ではないのは明らかだ。

「あの部屋に寝ているのはあたしの母さん。夜の仕事をしてて昼間はずっと寝てる。ストレスの溜まる仕事をしてるからかな？　あたしに暴力を振るう事なんて当たり前だった。

　でもそんな事、言葉に比べたら全然マシ。むしろ殴ってくれたらその痛みで心の苦しみが紛れて嬉しかった……！

母さんはずっとあたしの事を「役立たず」、「ごく潰し」、「いるだけ迷惑」、「本当に使えない奴」としか言わなかった。それ以外の事なんて何も言われた事は無かった！」

泣きながら明利は怒りを込めて叫んだ。それは恐怖と痛みしかなかった過去に対する激憤だった。

「どんなに頑張っても褒められた事なんて一度もなかった。ずっとあたしは無価値だった。何のために生きているのかなんて、子供の考える事じゃないよね？　だからあたしは人に必要とされたくて、色んな活動をした。初めは心が満ちたりる充実感と幸福感があった。人から感謝されて、褒められて、その時初めて生きているって実感できた！

でも求められるのはその時だけ。期間が終わればお払い箱で、それでも必要とされたくて一人でやってたけど、だれもあたしの事なんて気にも留めなかった。

あたしは、必要とされていたい。ずっと求められていたい。四季はあたしの事をずっと必要としてくれるって、初めて見た時そう感じた。頼りなくて、危なげで、心細くて、こんなに儚げで脆くて内気な人は見た事がなくて、ずっとあたしを必要としてくれる、求めてくれるって思った……」

すすり泣く音が止み、明利はゆっくりと顔を上げた。その顔は明利とは思えない程に怒りで歪んでいた。

純一は息を呑んだが、四季は何も動じる事は無かった。

「あたしを裏切ったんだ……。あたしを捨てたんだ！　信じてたのに、あたしを裏切った！」

怒号を飛ばす明利に対して、四季の心は急速に冷えていった。

「筋違いだし、言いがかりも甚だしい。勝手に私を心の支えにして、違ってたら裏切り者？　そんな都合の良い人なんて、そうそういる訳がない。

境遇には同情するし、別に私をどう思ってどう利用していたのかなんて気にしない。だけどそんな我儘が通じる程現実は甘くない」

「お姉ちゃん何言ってるの!?」

余りにも薄情な言葉に純一は驚き、止めようと腕を引っ張るが四季は構わず言葉を続ける。

「ずっと強いと思ってた。太陽みたいに明るい存在だと思っていた。でも、こんなに弱かったなんて知らなかった。

私はずっと自分が明利に依存しているのかと思ってたけど、本当は明利が私に依存してた。でも、今思い返せば思い当たる事が幾つもある。わざわざ私と同じ高校を受験したんだから。それも明利にはレベルが高くて大変だったろうに、必死に勉強して付いてきた」

四季は明利に歩み寄り、しゃがんで同じ目線に合わせる。

「明利はすごいよ。こんな付き合いにくい面倒臭い私に何年も付き合ってきた。明利の明るさと献身が、私に生きる楽しさを思い出させてくれた。

明利。あなたはトラウマに支配されたままずっと生きていくの？　ずっと心の傷に言われるがまま生きていくの？　起きた事はもうどうする事も出来ない。重要なのは過去とどう向き合って生きていくか。

克服するもよし、償うもよし。でも、支配されてはいけない。過去の奴隷になっていたら生きながら死んでいるも同じ。私は、そんな生き方を明利にしてほしくない」

震える身体を四季は優しく抱き締めた。一瞬明利の表情が安らぐが、すぐにまた怒りで顔が歪み四季を突き飛ばした。

「分かったような事を言わないで！　あんただってトラウマを克服出来てないじゃない！」

「どうしてそう思うの？」

「そのコート！　上着！　夏でもずっと着てるのはトラウマに支配されてるからでしょ！　そんな奴にトラウマを克服しろだなんて言われたくない！」

荒々しく批難された四季は黙ってコートを脱いで上着のボタンを外しだした。

脱ぐとは思っていなかったのか明利は呆気に取られ、純一は目を閉じて顔を逸らした。

上着を脱いで下着姿になった上半身を見て、明利は息を呑んだ。全身に痛々しい傷痕が散見している。刃物で付いた切り傷もあれば、爪で引っ掻いたような痕もある。

「純一君。悪いけど、少しの間部屋を出て耳を塞いでて」

「……う、うん」

目を閉じたままの純一を扉まで導いて部屋から出した。

「人に聞かれるのが嫌なの？」

「子供の教育には悪いから」

「その傷痕が、関係してるの？」

明利からは先程までの怒りも恨みも消えていた。しかし闇から抜け出した訳ではない。戸惑いが冷静にさせているだけだ。

「私はお父さんから性的虐待を受けてた。幼い子供、それに実の娘に対して、鬱憤や苛立ちをぶつけて、結果的にその形になったと思う。

抵抗して逃げる私を捕まえようとして爪が力一杯皮膚を抉った。実際は力で抑えつけられる事が大半だったからそんなに傷は無いけど」

爪の傷痕は小さなへこみになって窪んでいる。皮膚と一緒に肉も抉られたのだろう。

何事も無いように話す四季を異星人でも見るような目付きで明利は見る。

「何その顔？」

「……そんな事をされたのに、何も感じないの？」

もう二度と思い出したくもない記憶のはずだ。少なくとも自分だったら絶対に記憶の底に封じ込める。人に話す事があってもこんなに冷静ではいられるはずがない。

「お母さんが助けてくれたから。お母さんが身代わりになってくれたお陰で私の身体は綺麗のまま」

「だとしても……。それとも、そのお母さんが四季の闇を薄くしてるの？」

俯む明利に四季は首を振った。

「お母さんは私を助けてくれたけど、事が終わると私に暴力を振るった。『あなたさえいなければよかった！』って。私は、自分の存在自体を否定された。

暴力を振るい終わるとお母さんは私を抱き締めて『ごめんね……ごめんね……』って泣きながら謝ってくる。やり場のない不安と絶望、怒りを私にぶつけているだけで、暴力や言葉に意味は無いって今は分かる。

あえて言うのなら、人間落ちれば何処までも下劣で外道になれる事を知れた」

澄んだ目で達観した事を語る四季の姿は、明利から見てとても悲壮的で大きかった。自分がとてもちっぽけな存在に思えてしまう。

「そんな生活を続けていた私はある時、お父さんを殺そうとした。台所から包丁を持ち出して居間で震えていた。そして襖を開けて入ってきた奴を殺した。お父さんじゃなかった、お母さんだった。私に包丁を振り下ろそうとした体勢のまま下腹部に刺された包丁を眺めて、まだ幸せだった頃の笑顔を私に向けて倒れた。

床に染み渡る血の温かさ、包丁を刺した時の感触が今でも身体に残ってる」

淡々と語る四季に明利は戦慄した。何も感じないように語る四季の異常性もそうだが、それ以上に四季が人を殺していた事実に震慄した。

「私が怖い？」

「あ、いや……」

「殺人犯には恐怖を抱くのが普通だから、明利は正常」

致し方のない事とはいえ明利は気まずそうに視線を逸らす。

「でも、私が殺したのはお母さんだけじゃない。あの時、お母さんは妊娠してた。後で知った事だけど、妹がお腹の中にいた。私が刺した包丁は妹も殺していた」

この時だけ四季は自分の罪に苛まれるように肩に爪を立てた。

「この身体の切り傷は、警察に発見された時に付いていた。無意識の内に、自分で身体を切り刻んでいた。なんでそんな事をしたのか、今でも分からない。絶望したのか、罪の意識か、死のうと思ってたのか。

私が夏でも冬服なのは、自分の身を守る為でもあり、この傷痕を隠す為。周りから恐れられたり好奇な視線を向けられるのが嫌だから。でもそれは過去の罪やトラウマから抜け出せていない事になる。だから、私はもう傷痕を隠すのをやめる。これを受け入れてくれる親友がいるのなら、どんな事にも耐えられる」

四季は何処か自嘲気味に小さく笑った。

「私達は馬鹿だった。互いに気遣っている気でいて、本当は自分の闇を曝け出すのが怖かった。でもそれが自分を苦しめて、結果としてこんなすれ違いを生んだ。

まだやり直せるから。私は確かに明利の求めている『何もかもを自分に頼ってくれる』存在じゃない。でも互いに支え合って生きていける。足りない部分は互いに補えばいい。

私には明利が必要だから。明利も私の事を必要として。甘えて良い、我儘を言っても良い。全部私が受け止めてあげるから」

再び四季は明利を抱き締めた。四季の生暖かい肌が身体を包み込む。傷だらけの身体は柔らかくはなかったが、まるで羽毛に包まれているかのような柔らかさと心地よさを抱いた。

（この感覚は……あれだ……。初めに見た、菩薩みたいな四季……。でもあんな一方的で人を堕落させる間違ったものじゃない。本当の、本当に、私が望んでいたもの……）

涙が止まらなかった。心の奥底に溜まっていた澱が流れ出ている。

本心では分かっていた。自分の望みが間違っていて、周りの反応が正しいのだと。人が人を求めるのは必要とする期間だけだ。永遠に自分を必要とする人など存在しない。

無論、そういう仕事もある。そういう活動もある。だから将来はその様な仕事をしたいと考えていた。ずっと人に必要とされたい。それは呪いの鎖となって自分を縛っていた。

その呪いは完全には解けてはいない。簡単に過去を振り切れる程人は強くはない。しかし呪いは解けずとも心に光が照らされた。その光は「必要とされなければ無価値」の呪いをかき消した。

ひとしきり泣いて落ち着いてきたところで四季は上着を着た。流石に上半身下着のままでいる訳にはいかない。

扉を開けて純一を部屋に入れた。明利の表情を見て純一は嬉しそうに笑顔を浮かべた。

「明利お姉ちゃん、元に戻ったんだ！」

「分かるの？」

「だってとてもスッキリした顔してるし、悪いものが顔に出てないよ」

　きっと自分はその通りの顔をしているのだろう。憑き物が落ちたみたいに身体が軽い。

「四季の方がずっと辛い過去を持ってたんだね。あたしなんか、全然甘かったよ」

「辛い事に差はない。当人が一番苦しいんだから」

「……そうだね」

　経験した事に差を求めるなど無意味な行為だ。

「それにしても、純一君までこんな所に来るなんて……。本当にごめんね」

「謝る事なんてないよ。明利お姉ちゃんは僕の事を助けてくれた。だから今度は僕が助ける番だから。……でも、何も出来なかったな」

　悔しそうに純一は唇を噛んだ。そんな純一の肩に四季は手を置く。

「気にしなくていい。明利と純一君は知り合って数時間程度の仲。何かを言える立場じゃない。でも、純一君のお陰で本当に助かった。だから気に病む事は無い」

「僕、何かしたっけ？」

「あの心の深淵は耐えられるものじゃない。一人だったら呑み込まれてた。純一君が傍にいてくれた心強さと安心感があって初めて耐えられた。本当にありがとう」

　四季の感謝に純一は照れくさそうにしている。

「ここまで来るのって、そんなに危険なの？」

「覚えてない？」

「あの絵を見た後、気が付いたらこの部屋にいたから」

マネキンの言っていた黒い靄を纏った状態の時の記憶はないらしい。

「とにかく明利を助けたしここから脱出しよう」

四季が部屋の扉を開けようとした時、扉の向こうから鈍器で殴るような凄まじい衝撃が響いた。

『明利！　さっさと出てこい！　掃除と食事の支度をしろ！　本当に使えない奴だな！』

罵声を浴びせながら何度も扉が殴りつけられる。その声の主は隣の部屋で寝ていた人物である事は容易に想像できた。そして明利の母親である事も。その声はおよそ女性とは思えない程のだみ声で痰が喉の奥に絡まっているような発音だ。

『聞いてんのかこの愚図！　さっさと出てこい能無しが！』

今にも扉をぶち破って入ってきそうな勢いだ。何が原動力となってここまでするのだろうか？

「あたしの母さん、夜の仕事していてあたしを妊娠した。初めは堕ろそうとしたらしいけど、丁度独身の羽振りの良いおじさんを丸め込んで生活が安定したから、あたしは生まれる事が出来た。

でもそのおじさんはあたしが二歳の時に死んじゃって、家を建てたばかりで遺産も余りなくて生活の余裕が無くなった母さんは物凄く荒れた。子供だったあたしを奴隷にしても何も感じないぐらいに」

　トラウマはすぐには拭い去れない。明利の身体が震えるように、ここから逃さないとでも言いたげに母親は罵声を投げかけ続ける。

「明利。どうやって助かったの？」

「助かったって、何が？」

「この家から助かったのはどうして？」

「……窓の外に向かって泣きながら『助けて！』って叫び続けたから。あの時、どうして自分がこんな事をしているのか分からなかった。ただ無我夢中だった。

　近所の人が呼んでくれた警察官にあたしは保護されて、母さんは逮捕された。それから十年間、一度も会ってない」

（純粋に助けてほしかったって今なら分かる。でも、あの時、母さんから引き離された時、恐怖の象徴でしかなかった母さんが恋しくて堪らなくて一日中泣いて呼び続けた。

……あんな人でも、親なんだ。大っ嫌いなのに、心に空いた喪失感は大きくて、寂しくて仕方なかった。……間違ってる、こんなの）

　子供は親を選べない。そして子供はどんな親であっても慕い愛情を求めるのだ。

　四季は部屋の窓を開けた。窓の先も下も暗澹たる闇が広がっている。

「……これしかないか」

　四季は諦念を込めて呟いた。

「どうするの四季お姉ちゃん？」

不安げに純一は尋ねてくるが、明利は既に悟っており腹をくっていた。

「ここから三人で飛び降りる」

「えっ!?　それって………それしかないんだよね」

「逃げて助かればそれでいい。初めから覚悟を決めてここまで来た」

「なら」

明利が窓の前に立って二人に手を差し出した。

「あたしがしっかり二人の手を握ってる。絶対に離さないようにね」

その顔には怯えも猜疑も妬みもなかった。絶対に二人を守る強い意志が秘められていた。

「頼りにしてる」

「明利お姉ちゃんなら大丈夫」

二人もまた強くその手を握り返す。

扉が破壊されたと同時に深く息を吸い込んで窓から飛び降りた。明利は一瞬だけ部屋を振り返り母親の姿を見た。

母親の姿は全身が真っ黒い縮れ毛で覆われており、縮れ毛が触手の様に蠢いていて明利を捕らえようと伸びてくる。だが縮れ毛に捕まる前に射程の外へと出て捕まる事は無かった。

（家にいる時は元々山姥みたいに怖い姿だったけど、あんなに悍ましい姿はしてなかった。きっとあれが、あたしを今まで囚え続けていたトラウマそのものなんだ。

これからもあたしの中にあのトラウマは残り続ける。でも、もう囚われる事はない。支え合えて、受け止めてくれる親友がいるんだから）

第十六話　終点

　気が付いたら三人は電車の中に倒れていた。軽く眩暈のする頭を支えて起き上がると、フィレモンが万雷の拍手を送ってきた。

「素晴らしい。君達は今人の力と可能性を示した。長きに亘って人を観察してきたが、君達の様な者は久しく見ていなかった。

　個では人は歪み脆く弱いだろう。しかし複数ならばその弱さを補い支え合い道を外れる事を防いでくれる。君達は、本当の意味で人の弱さを克服した。何物にも勝る強さを得た」

　褒め称えられても、心躍る事はない。生きて戻ってこれた。それだけで充分だ。

「家の窓から飛び降りて、あなたが助けてくれたの？」

「私ではない。世界だ」

「それって」

「君達が知る必要はない。知る意味もない。それに、今はそんな事は些細な事ではないのかね？」

　明利はどんな顔をすればいいのか分からない様子だ。喜べばいいのだろうか？　感謝すればいいのだろうか？　謝ればいいのだろうか？

分かっている。全部するべきだ。しかし何故だか素直な気持ちになる事が出来なかった。

「明利」

「う、うん」

「お帰り」

「……ただいま」

「もっと喜んでいいんだよ」

「その、えっと……本当にごめん！」

「謝る事なんて一個もない」

「だけど」

「そうだよ。明利お姉ちゃんは頑張ったんだよ。自分の中の悪い奴に支配されないように耐えたんだから」

純一にまでそう言われ、明利は小さく笑みを浮かべた。

「もし私達に悪いと思っているのなら、今まで通り普通に過ごして。何時もみたいに人を元気にする明るい明利でいて。それが、明利が今まで助けてきた人の為でもある」

「どういう事？」

「偽善でも打算でも、人が人を助けるのは善行には違いない。そして明利が今まで助けてきた人は間違いなく明利に感謝している。

その人達が明利を苦しめ追い詰めているなんて知ったらとても悲しむし、人に助けてもらう事に感謝しなくなる。

だから、明利は今まで通り明るい明利でいて。それが何よりも明利らしいし、私も嬉しい。

勿論、無理はしないでほしい。私の前ではいくらでも愚痴を言ってもいいし、甘えてもいいから」

（……そう言えば、そうだ。あたし、人から必要にされたくて、感謝されている事なんて全然気にした事なかった。お礼を言われても、嬉しいって感じた事なんて一回もなかった。

助けた人の事を、ちゃんと考えないと駄目だよね。人を助ける事にも責任はあるんだから。感謝には、感謝で返さないと）

善意には善意で、礼には礼で、感謝には感謝で返す。そんな当たり前の事を失念していた自分を恥じた。トラウマのせいだからなどという言い訳はしない。自分の汚点はしっかりと反省する。

（それにしても、四季ってこんなに包容力のあるタイプだったんだ。……甘えて、か）

明利は四季の事をじっと見つめた。余り人を寄せ付かせない雰囲気と、やや改善したが依然とした鉄面皮だ。

「何？」

「四季もあたしに甘えていいんだよ。愚痴でも文句でも言ってくれて構わない。今まで散々甘えてきたんだから当然でしょ」

「元からそのつもり」

「はっきり言うね」

「隠す事じゃない」

何事もはっきり言う四季に爽やかな笑みを浮かべる明利。二人の様子を眺めていた純一は可笑しそうに笑った。

「お姉ちゃん達って面白いね。最高の友達だと思うよ」

「純一君も危険な場所まで助けに来てくれて、本当にありがとう」

明利は誠心誠意頭を下げて感謝の意を示した。

「助けてもらったんだから当然だよ。それに、僕は明利お姉ちゃんに助けてほしいんだ」

「どういう事？」

「母親の連れてきた男に兄妹で虐待を受けている。私からもお願いする。純一君を助けてほしい」

「お願いなんかしなくても、助けるに決まってるでしょ。

でも純一君を助けたあとはしばらくは何もしないかな。本当に自分がやりたい事、それを見つけたいから」

今まではずっと闇に支配されてがむしゃらに人を助けてきた。人に必要とされる。そうする事でしか自分の価値を見出せなかった。

故に自分の事を見つめ直したい。自分自身と向き合って、真剣に自分の道を見定めたい。

「人の価値は決して一つだけにしか無い訳ではなく、決して無である訳でもない。人はあらゆる可能性を秘めた原石。磨けばダイヤモンドにも金にも勝る価値を有する。

磨かなければただの石。磨いて初めて価値を持つ。人の価値は、その人が決めるのだ」

人には無限の可能性がある。その可能性を生かすも殺すも人次第だ。

「君達にとって精神世界の旅は価値のあるものとなって幸いだ。だが忘れてはいけないよ。心の闇は消えない。克服したという安易な安心を得ていると闇は底から顔を出す。どう向き合い、どう共存して生きていくのかが重要だ」

過去は消えない。克服も難しく、背負って生きるのは苦しい。一人でなら。

喜びも苦しみも分かち合える、支え合える存在がいるのならきっと生きていける。

「君達の旅は終わった。間もなく現実へと帰る。君達の人生に幸あらん事を祈るよ」

電車の中が明るい光で包まれていく。光に満ちてくると同時に意識が薄れていく。

「そうだ。純一君」

「何？　四季お姉ちゃん」

エピローグ

九月を目前に控えた残暑厳しいある日、四季は両親と妹の墓参りに来ていた。

墓参りに来るのはこれが初めてだ。忌まわしい記憶と自分の罪を恐れて近づかないようにしていた。

（久しぶりって言えばいいのかな？　今まで墓参りに来なくてごめんなさい。

あの時以来、私は生きる事だけを目的にした灰色の日々を過ごしていたけど、親友が出来てからは楽しい毎日を送ってる。……こんな私にも、親友が出来たんだよ。太陽みたいに明るくてとても頼りになる親友。正直、私にはもったいないぐらい。

お父さん、お母さん、思い出したよ。幸せだった頃の記憶。その想いに応えて、私は必ず幸せに生きてみせる。

そして、私の大切な妹。あなたの分まで私は生き続ける。酸いも甘いも全て受容する。人生の出来事全てが自分を彩る花だから）

もう二の足を踏む事は無い。心の底から沸き立つ恐怖に怯える必要もない。

今の自分にはそれに耐えうるだけの強さと、支えがあるのだから。

だ。

「またしばらくしたら来るよ。それまで、またね」

四季の言葉に呼応するように、添えられた花から水滴が落ちる。

墓地から出ると明利と純一が待っていた。二人とも四季の墓参りに付き合ってくれたの

「もういいの？」

「言いたい事は言った。こっちこそ、待たせてごめん」

「そんな事ないよ。だって、四季お姉ちゃんはもう何年も話してないんだから」

「時間は経っても、案外言う事は少ない」

折角の再会に自分の鬱々しい想いを告げる必要はない。ただ良かった事を言えばいい。

純一は長く伸ばしていた髪をバッサリと切って短髪にした。短パンにパーカーフードと見た目もちゃんと男と分かる格好になった。

あの後、明利により純一の家庭で虐待が起きていると児童相談所に告発され、純一と凛は保護された。児童相談所側は把握していなかったようだが、学校の方で純一の異常には気づいており度々家庭訪問を行っていた。あの男と母親が学校の対応をしていた事で虐待の事実は掴めなかったが、児童相談所が念入りに調査をした事で虐待の事実が明らかとなった。

男、そして母親が逮捕された事に関して純一は覚悟を決めていた。母は虐待を止めずに傍観していた、それが罪となった。

明利が児童相談所に告発しなければ二人は助からなかった。しかし何故赤の他人である

明利が虐待の事実を知っていたのか？　不審は抱かれたが、明利が沢山の支援活動に参加して多くの人と繋がりがある事から人づてに知ったとされ深くは咎められなかった。

これは明利自身の評判によるものもある。これが四季だったらどんなに面倒な事になっていたか想像に難くない。

（住所を聞くのを忘れてたけど、最後に思い出して聞けて良かった）

状況が状況だったので当たり前の事を失念していた。

「施設での暮らしはどう？」

「楽しいよ。職員さんは優しいし周りの子も良い子ばっかりだし。妹も気に入ってる。でも、最近になって夜泣く事があるんだ。僕は泣かないけど、何だか心に穴が空いたのを最近感じるんだ」

何処か寂し気な表情を浮かべる。

「あたしもそうだった。ずっと心が寂しくて辛かった。でも純一君ならきっとすぐに平気になる。それに、お兄ちゃんなんだから。妹を不安にさせたら駄目でしょ？」

「……そうだね」

「焦る事は無い。ゆっくりと、喪失感を埋められるようになればいい」

どうすればいいのかをあえて言わなかった。言わなくても純一には分かっているし、見つけるのは純一自身だからだ。

「それにしても四季お姉ちゃん、凄く変わったよね。何て言うか、すっきりしたよね」

現実に帰ってきてから四季はコートも長袖の上着も着なくなった。

「ファッションなんて興味ないから明利に見立ててもらった」

黒色の長ズボンは長い脚をスラリと見せている。灰色の半袖のシャツはややゆったりとしていて胸が苦しくないようになっている。

「とても似合ってるよ」

「ありがとう」

自分の身形より、明利の見立てが褒められた事が嬉しかった。

そんな明利は若干複雑そうな顔をしている。

「本当は色々試したんだよ。明るいのとか、派手なのとか、可愛いのとか。でも、どれもしっくりこなくて。結局落ち着いた格好になったのが、少し悔しい」

「何で？　私は気に入ってる」

「だからだよ。色んな服を着る楽しさに気づいて欲しいの」

服は着られれば良い四季からすれば自分の気に入った洋服だけで充分なので、ファッションに関しては明利とは微妙に噛み合わなかった。

（まあ、何でもかんでも気が合う親友もおかしいか）

自分と同じ感覚を持つ親友も良い。しかし自分と異なる感覚を持つ親友は新たな視界を開いてくれる。

「それにしても、目が覚めたら病院にいたのは驚いたよね」

「まだ精神世界にいるのかと思った」

「お姉ちゃん達病院にいたんだ。僕は、家にいたよ……」

純一は複雑な表情を浮かべた。

(僕は、死んだと思われてあいつに埋められそうになってた。そして凛があいつに殺されかけてた。でも、お母さんが必死で僕を守って凛を庇ってた。目が覚めた時、お母さんは青痣だらけで腕と足が折れてた。もし僕が目覚めるのが遅かったらきっと殺されてた。凛を連れて逃げられた。でもそうしたらお母さんが殺される。だから僕は、明利お姉ちゃんを信じて待ったんだ)

全ての元凶たる母親は決して子供達を見捨ててはいなかった。自らの命を賭して守れるだけの愛を有していた。

だからこそ純一は母親と向かい合う事に前向きになれた。自分達を愛しているのなら何故今まで守らなかったのか？　何故あの男を容認していたのか？　一体何を考えているのか？　互いに理解し合わなければ許す事も出来ず、暮らす事も出来ない。

何があったのか二人は知っている。だからあえてそれには触れなかった。

「電車に乗って学校に向かう途中だったからさ、終点で駅員さんがあたし達の事を起こそうとしたけどどうやっても起きないから、何か病気と勘違いして連絡しちゃったの」

「警察に連絡がいって、学校にも伝わった。寝てただけなのに大騒ぎになって、警察と学校で説教された」

四季は実に不服そうで、明利は苦笑いを浮かべた。

心配するのは当然なのだが、早とちりした駅員のせいでとんでもなく大事になって自分達が怒られたのが納得いかないのだ。

「まあそんな事もあったけど、こっちに戻ってきてからずっと身体が軽いんだ。危険な目にもあったし、見たくもないものも見て、実際死にかけた。でもあの世界に迷わなかったらこれからもずっと自分を騙し続けて、欺き続けて、見て見ぬ振りをしながら闇に囚われたまま生きていたんだ。

結果論だけどさ、あたしはあの世界に迷い込めて良かったと思うんだ。本当の自分の人生を生きる事が出来るんだからね。ま、二度と行きたくはないけどね」

空を見上げながら、明利はもう二度と行く事はない精神世界に思いを馳せる。

「私達が経験した精神はごく一部に過ぎない。その一部ですら凝縮された負の感情が強烈だった。個人で耐えきるのは至極困難。

あの経験は決して無駄じゃない。これから先きっと私達の中で生き続けて役に立つ」

四季は胸に手を当てて感じ入る。まるで大切なものを扱うように。

「僕は、強くなったと思う。絶望しかなかったけど、希望が持てるようになった。お姉ちゃん達が助けてくれる希望もそうだけど、どんな時でも諦めなくなったんだ。

フィレモンさんが言ってたみたいに不可能は無いんだ。壁を作るのは自分だって。今の僕には、どんな壁でも乗り越えられる自信がある」

その凛々しい顔付きには年齢以上の気高さと強さが秘められていた。

（フィレモン。今もまた精神世界に迷い込んできた人の案内をしているの？　あの世界は、本当に人が無意識の内に迷い込むものなの？）

心の中で四季はフィレモンに問いかけた。答えは返ってこず、通じる訳もない。

「じゃあお昼でも食べに行こう！　美味しいカフェ知ってるんだよ！」

「行った事ないから興味ある」

「僕はお金ないから帰るよ」

「そんなの駄目！　それくらいあたしが出してあげるから一緒に行こう！」

「ええっ？　でも」

「好意は素直に受け取ればいい。それが礼儀」

「なら、お言葉に甘えます」

「よし！　なら早く行こう！」

四季と純一の手を引いて明利は駆け出していく。二人は明利に追いついて一緒に走る。

新しい人生へと走っていく。

＊

「精神世界を無事に、それも自らの糧として終える事が出来た人は久しぶりですね。更に、一度精神に呑まれた人が自分を取り戻して現実へと帰るのは数百年ぶりです。

ええ、分かりますよ。あなたはとても興奮した。久しく味わっていない高揚感に身を震わせた。かく言う私も、高まる期待を抑えきれなかった。

やはり信じ合える存在がいると言うのは自身の限界を超えた力を発揮させ、互いを支え合う柱となる。彼女達を見て改めてそう確信しましたよ。

ええあなたの言う通りです。その様な関係を有する人は限りなく少ない事は。だからこそ彼女達の存在は如何なる宝石や富よりも希少なのです。

人から生まれたあなたはずっと人と共に生きてきた。そして人という存在を精神だけでなく直接見て触れて知ろうとした。そして現実からの逃避を願う者達の精神を自らの世界に招き入れた。

私が生み出されたのは、人には現状の一定以上の情報と行動の目的が必要だと気づいた時でしたね。それから遥かな時が流れましたが、現実世界が変化していくのに対し私達が行っている事に変わりはない。

あなたはまだ観察を続けるつもりなんですね？　何が正しい人の姿なのかを見極める為に。

歪み、堕ち、狂い、無精なのが人間なのか？

愛憐し、誇り高く、不屈であり、支え合えるのが人間なのか？

……あなたはもう答えは分かっているはずだ。それなのに、まだ無意味な行為を続けるのですか？

……ああ、やはり。あなたは人と接しすぎて人になってしまっている。間違いだと、無意味だと分かっていても止まる事は出来ない。

いいでしょう。所詮私は被造物。創造主のあなたに逆らう事は出来ません。

次の客人を招きましょう。深き集合無意識の世界へ……」

著者プロフィール

港川 レイジ（みなかわ れいじ）
1994年９月２日生まれ。神奈川県在住。

小説は人に娯楽、感動、知識を与える。

小説は無限であり、そこに差は存在しない。

小説は思考の深みへの扉を開き、新たな視界を開く鍵。

小説は夢である。綺麗で、怖くて、可愛くて、悍ましく、美しく、残酷で、格好よく、かなしく、楽しく、鬱々しい。

夢幻の駅

2021年７月15日　初版第１刷発行

著　者　港川 レイジ
発行者　瓜谷 綱延
発行所　株式会社文芸社
〒160-0022　東京都新宿区新宿１－10－１
電話　03-5369-3060（代表）
03-5369-2299（販売）

印　刷　株式会社文芸社
製本所　株式会社MOTOMURA

ISBN978-4-286-22734-4